무인도에 갈 때
당신이
가져가야 할 것

무인도에 갈 때
당신이
가져가야 할 것

윤승철 지음

지금까지 걸어온 이 길을 의심하진 마.
잘못 든 이 길이 때로는 지도를 만들었잖아.
잘하고 있어.

들어가는 말

앞으로 무엇을 해야 할지, 긴 방황의 연속이었습니다. 주변 사람들에게 물어보려 했더니 방황하지 않는 사람이 없더군요. 무작정 길을 따라 걸었습니다. 굴곡진 삶을 뒤로하고 이번엔 직진만 해보기로 했습니다. 현명하지 못하고 또 과감하게 달릴 용기도 자신도 없었던 사람이 할 수 있는 가장 간단한 일이었습니다.

국도를 지나고 신호등을 건너 만난, 이러지도 저러지도 못하는 시간의 낭떠러지엔, 무인도가 있었습니다.

사람이 없는 섬은 저의 발길 닿는 곳이 곧 길이 되어버리는 곳이었습니다. 아프고 외로웠던 시간을 끊어내고 새롭게 나아갈 수 있으

리라 생각했습니다. 섬으로 들어가는 배에서 육지의 발자국을 끊고
자 차라리 기어가야겠다 결심한 밤, 떠나는 날까지 섬과 섬의 경계에
서 확신에 확신을 의심하며 오래도록 바다에 떠 있었습니다.

내가 나를 질투하고 내가 또다른 나를 사랑하는 시간이었습니다.

누군가의 편지가 유리병에 담긴 채 떠내려오고 흰수염고래의 날
갯짓을 볼 수 있는 시간이었습니다.

실은 무인도도 바다 아래로는 육지와 연결되어 있으니 보통의 존
재라 볼 수 있겠습니다만, 그렇게 해서라도 나만의 세계를 구축할
수 있는 유일한 곳이었습니다.

아직은 누구를 초대할 공간이 못 됩니다.

그저 속으로 안으로 제 삶을 감당하기도 힘들 무인도의 한 면만
을 살짝 이야기해볼까 합니다.

들어보실래요?

오늘도 무인도에서
윤승철

차 례

온낭

ONANG   #미크로네시아 #추크 #태평양

가만히 있는 무인도는 흔들리는 사람의 마음 중심에 떠 있는 것들이라 여기기로 했습니다. 이를테면 포기하고 떠내려보낼 것들과 꽉 잡고 있어야 할 것들에 대해. 이곳은 그저 그런 세계의 바깥입니다.

지 도 엔   없 는   곳

지도에 없는 곳을 가는 것은 꽤 흥미로운 일이었다. 세계지도에서
'온낭Onang'이라는 무인도는 당연히 보이지 않는다. 섬을 자세히 들
여다보고 싶어 현지에서 이 지역만 크게 확대되어 있는 지도를 샀
다. 왼쪽이나 오른쪽 아래 지구상에서 대략 어디쯤 있다는 표시 정
도가 있으면 좋았을 텐데, 생각하다가 접었다. 지도에는 없는 곳이
한두 곳쯤은 있어도 좋겠다 싶었다. 인도가 계속 지금의 인도였으면
하며 사진을 찍는 작가처럼, 쿠바가 지금의 모습을 계속 간직했으면
하는 여행자의 심정처럼.

'온낭'이라는 이름을 가진 섬은 미크로네시아 연방공화국에 있

다. 이곳은 인도네시아 북동쪽에 있는 미크로네시아 연방공화국의 네 개 주(야프, 추크, 폰페이, 코스라에) 중 '추크' 주Chuukstate와 가까이에 있다. 추크까지 가는 것은 괌에서 비행기를 갈아타면 되니 간단한 일이었다. 대신 정신을 바짝 차리고 있어야 했다. 괌에서 비행기를 타고 두 시간 정도를 날아 추크에서 내리면 되는데, 이때 내리지 못하면 다음 섬인 폰페이에서 내려야 하기 때문이다.

반대로, 내려야 할 섬에 도착하기 전에 일찍 내리면 또 며칠을 기다렸다가 다시 비행기를 타야 한다. 괌에서 출발하는 비행기는 추크를 거쳐, 폰페이에서 승객과 화물을 내리고 또 새 승객을 태운다. 그리고 마샬에서 또 한번 착륙했다가 하와이로 향한다. 돌아올 때에도 마찬가지로 하와이에서 출발하여 마샬, 폰페이, 추크를 거쳐 괌으로 들어가니 이곳 사람들에겐 비행기가 일종의 마을버스인 셈이다. 우리가 추크에서 내렸을 때 실제로 폰페이 섬으로 가려고 했던 한 일본인 부부가 잘못 내렸다.

추크의 공항은 시골의 버스터미널처럼 작다. 평소엔 문이 닫혀 있다가 딱 비행기가 뜨기 전후 시간대에만 문이 열리고 불이 켜진다. 승객들이 내리고 타는 동안, 수화물을 빼고 싣는 동안 승무원과 기장은 비행기 밖으로 나와 카페에서 커피를 마시고 간다.

날씨가 좋지 않을 땐 물론이고, 목적지까지 가다가 승무원이 법정 근무시간을 넘을 것 같으면 중간에 거쳐야 하는 섬을 건너뛰기도 한다. 추크에서 우리가 무인도에 들어가는 날도 그랬다. 비행기가

추크를 거치지 않고 괌으로 갔단다. 추크에서 비행기를 하루 더 기다려야 하는 승객들에게 체류비가 지급된다지만 그래도 그렇지. 참으로 소설 같은 일이 일어나는 곳이다.

누군가의 간절한 기다림을 가볍게 무시하는 처사일 수 있지만, 21세기에 이게 가당키나 하냐는 항의를 들을 법하지만, 뭐 더 이상 목청을 높여봐야 비행기는 떠났고 그 비행기는 다시 온다. 그나마 다행인 것은 종점에서 다시 돌아올 비행기가 있다는 것이다. 위안이 된다고나 할까. 끝을 찍고 내게로 돌아온다. 그래서 이 섬을 빠져나가려면 결국 섬에 들어올 때 봤던 승무원이 그대로 타고 있는 그때 그 비행기를 타야만 한다. 그런 끌림이 이곳 사람들을 여유 있게 만드는가 보다.

떠나는 사람은 돌아올 기약 없이 한 번에 멀리 떠나게 하는 태평양의 외딴 이곳. 이번에 함께 무인도로 떠난 병률형은 삼 년 전에 이곳을 한 번 방문했던 적이 있다고 했다. 다시 올 무언가가 있다는 것 자체가 반가운 일임이 분명하다. 추크로 가는 비행기를 타보니 삼 년 전 만났던 스튜어드도 그대로였단다. 병률형의 여권에 찍힌 도장을 보고 예전에 자기가 찍은 도장이라며 반가워했던 이민국 직원도 있었다. 우리가 잘 들여다보지 않을 때 지도에서 슬며시 나타났다 사라질 것만 같은 그 시간에 비행기는 점에서 점으로 내려앉고 있다.

미크로네시아 연방에만 600개가 넘는 섬이 있어 일일이 나열하는 것은 불가능하겠지만 추크는 다시 크게 웨노 섬과 톨 섬, 더블런 섬, 페판 섬, 우만 섬으로 나누어진다. 우리는 괌을 거쳐 추크 주의 주도州都이자 공항이 있는 웨노 섬에 내린 후 사흘을 머물렀다. 그리고 추크의 중심에서 벗어나 톨 섬에서 이틀을 더 머무르고서야 온낭이라는 이름을 가진 무인도로 갔다. 저마다 세계지도의 가운데 자신이 사는 곳을 그리는 세상에서 세상의 중심이 아닌 곳으로.

무인도 다이어리

그날의 바다는 청새치의 날카로운 등지느러미 같았다. 수면 위로 솟아나 있는 수만 개의 등지느러미들이 내게 몰려오는 것이 보였다. 높은 파도에 나는 두 팔로 배를 꽉 잡았다. 배를 운전해주는 친구는 별일 아니라는 듯 능청스레 담배를 꺼내 물었다. 병률형은 온 힘을 다해 튕기지 않으려는 자세로 핏줄을 세워가며 기둥을 잡고 있었다. 배가 들썩거리며 공중에 떴다 철썩 내려앉길 반복하다가 한번은 꽤 오랜 시간을 공중에 머물렀다. 그리고 이내 다시 파도의 표면으로 떨어졌다. 대양은 풀었던 줄을 다시 감는 요요처럼 우릴 던졌다 당겼다. 그러다 배의 절반쯤이 물에 잠겼다. 아차, 하는 순간 바다는 재빨리 카메라 가방 뒤편에 넣어둔 일기장을 삼켰다.

조사한 자료와 생각나는 이야기들을 적어둔 내게는 꽤 소중한 것이었다. 무인도에서 하고 싶은 것들과 계획, 고민하고 싶은 것들도 적어두었고, 야생에서 살아남는 법, 이를테면 불을 피우는 법이나 낚싯줄을 엮는 법 등이 그려져 있었다. 사랑하는 사람의 주소도 있었다. 남태평양 한가운데의 무인도 직인을 찍어 엽서를 보내는 일은 꽤나 낭만일 것 같았다. 우리가 향하는 무인도의 해변은 붉은 산호들이 깎이고 갈려 모래가 되었다니 붉은 모래가 직인이 될 수도, 납작하게 잘 마른 조개가 우표가 될 수도 있는 일이었기에. 그러면 안 된다는 것을 알지만 가져간 한라산 소주병을 비우고 그 속에 편지를 넣어 바다에 던져보고도 싶었다. 그런 일련의 계획들까지도 적혀 있었기에 한동안 일기장이 빠진 바다를 멍하니 바라볼 수밖에 없었다.

잊어야 했다. 비우러 간다는 내게 바다가 준 선물이었을지도 모를 일이다. 파도가 거셀수록 배는 파도에 정면으로 맞선다. 옆면을 맞아 뒤틀리고 부서지지 않기 위해서다. 당장 가장 소중한 물건이지만 지금 내게 없다는 것을 받아들여야 했다.

한참을 더 가서야 '온낭'이라는 무인도에 다다랐다. 주렁주렁 과일이 나무에 매달려 있거나 동물들이 다니는 곳도 아니었다. 하지만 강하게 나를 압도하는 기운이 감돌았다. 무인도라지만 아무도 없는 것들이, 아무것도 아닌 것들이 만들어둔 규칙을 벗어나지 못한다는 것을 직감했다. 보이지 않는 힘은 자연의 힘일 수도, 나의 무능함에서 오는 것일 수도 있다. 나는 많은 것들을 이곳에서 게워낼 것이다. 안에 든 것들에 연연하지 않고 새로운 것들로 채워갈 것이다. 어쩌면 무인도에서 하려 했던 일들, 생각하려 했던 것들, 내 생각을 채워나갈 일기장을 바다에 빠뜨렸을 때부터 시작이었는지 모른다.

　'내 맘대로 되지 않는 곳이어도 괜찮을 거야.'
　온낭에 도착해서 예비로 가져온 노트에 적은 첫 문장. 거친 파도의 파편들이 박혀 젖어 있는 노트 앞에 제목을 적었다.
　〈무인도 다이어리〉.

오 래 듣 지 못 하 는 소 리

서울에서의 나는 비에 별 관심이 없었습니다. 비가 내리면 우산 하
나를 쓰고 걷다 건물에 들어가면 적당한 곳에 우산을 두고 볼일을
봤습니다. 집으로 돌아갈 즈음에서야 비가 계속 오는지 물끄러미 하
늘에 눈길을 줄 뿐이었습니다. 아침에 보고 나온 일기예보가 맞지
않더라도 그다지 큰일이 일어나지 않는 곳이니까요. 오히려 식당에
두고 온 우산이 더 신경쓰이는 날이 많았으니 비 자체보다는 비가
오면서 생기는 일들에 더 신경이 곤두서 있었는지 모릅니다.

　반면 무인도에서의 비에겐 눈길을 주는 것 이상이었습니다. 그가
오면 세상의 일들이 달라졌습니다. 널어둔 것들을 걷고 빗물을 받을
통을 세우러 뛰어야 했습니다. 그가 세상에 관심을 가지는 소리를

들어야 했습니다. 중요한 일이었습니다. 세상이 울리는 일이니. 더 잘 들을 수 있게 비는 바다를 잔잔하게 만들고 그 울림을 수없이 작게 퍼지는 둥근 파형으로도 설명하는 순간이었습니다. 넓은 바나나 잎에 떨어졌다가 빗물을 받는 물통으로 또르르 굴러가는 빗방울 소리도 듣다보면 공중에서 바람에 날려 자기들끼리 합쳐지는 소리도 들리는 것 같았습니다.

우리가 온 무인도엔 예전에 사람이 살았던 집터가 있었습니다. 그 집터의 지붕은 깡통을 펴서 만든 듯한 스틸 지붕이었는데요, 그 위로 떨어지는 빗소리를 들으면 그가 보내는 신호를 더 잘 느낄 수 있었습니다. 하루에도 몇 번씩 왔다가 그쳤다, 반복되는 이런 관심이 나쁘지 않았습니다. 가끔은 비가 금세 그쳐서 아쉽기까지 했으니까요.

몰랐는데요, 비가 오는 때의 소리 중 제가 가장 좋아하는 소리는 따로 있었습니다. 지펴둔 모닥불 위로 빗방울이 떨어지는 소리. 타닥타닥 장작이 모닥불 속에서 타들어가는 소리도 좋지만 이 소리는 불규칙해서 더욱 좋았습니다. 불이 꺼질까봐 올려둔 코코넛잎 사이로 들어오는 빗방울이기에 소리가 드문드문입니다.

빗방울도 이 불 속으로 떨어지기 위해선 잘 떨어져야 하는데요, 돌로 만든 아궁이 위로 비를 막기 위해 바나나잎과 코코넛잎을 덮어두었습니다. 그러니 빗물은 바나나잎을 잘 굴러내려와 코코넛잎의

빈 부분을 통과해야만 재 속으로 떨어질 수 있습니다. 빠르게 빠르게 더 빨라지는 세상에서 코코넛잎 하나만 더 올려, 저는 느린 세상을 만들 수 있었습니다.

　　꽤나 묵직합니다. 장작에서 갓 무너져내린 재 위, 불이 붙어 있는 장작과 맞서는 이들의 절규를 저는 즐깁니다. 장작이 타면서 생을 마감하는 순간까지의 삶을 씻어내는 소리가 이것이 아닐까 싶습니다. '프스르르르' 저는 그 소리가 삶이 다할 때까지 차마 말하지 못했던 응어리들이 피어나는 소리라 믿으려 합니다. 왠지 가벼워지는 느낌이랄까요. 그리고 또 그 템포가 빠르지 않아 좋습니다. 마지막이 마냥 경쾌하기만 하다면 이렇게 그 앞에서 피어오르는 소리를 듣고 있지 않을 것 같습니다.

26

　　안타깝게도 자주 비가 오지만 한 번에 오래 오진 않네요. 모든 일이 그렇듯 이번 비도 정이 들까 하던 찰나에 멈춰버렸습니다.

적도의 새로부터 날것에 대해

무인도에 와서 산적이 됐다. 오카모토 켄타로의 만화 『산적 다이어
리』의 영향이다. 병률형이 읽어보라고 무인도로 가져와 무심코 던져
준 만화책. 만화가이자 사냥꾼인 오카모토 켄타로가 할아버지의 영
향을 받아 농촌으로 내려가 사냥꾼의 삶을 시작하는 것부터 만화는
시작된다. 총포사에서 총을 구입하고 라이선스를 받는 것부터 야생
동물들을 사냥하는 과정까지 보고 흥분이 됐다. 나도 책을 덮고 무
인도를 헤집기 시작했다.

　섬을 수색하며 발견한 새. 적도의 새여서인지 참 맛이 없게 생겼
다. 어차피 맛은 별로이니 먹어볼 테면 먹어봐라는 식이다. 퍼런 바
닷물과 대조되는 붉은 눈매와 칙칙한 나무색의 몸통. 그 빨간 것이

수평선을 경계로 하늘과 바다를 오가는데 참 낯설다. 머리 부근엔 독이 있을 것 같기도 했다. 독이 있는 새에 대해 들어본 적은 없지만 있을 수도 있단 상상을 하게 만드는 새였다.

다른 동물들이 자신을 보호하기 위해 보호색을 띠며 진화를 했을 때 대체 저 새는 뭘 한 걸까. 보호색도 아닌 튀는 색을 하고 있으니 이곳에 포식자가 없거나 진화를 거부할 정도로 고집이 억척스레 센 놈인지도 모른다. 그렇다고 빠르거나 싸움을 잘할 것 같이 생기지도. 저 높은 공중에서 긴 날개를 펴고 글라이더처럼 선회비행을 하는 군항조만큼 큰 것도 아니었다.

몇 개의 덫을 만들기 시작했다. 미끼를 먹으면 나무가 휘어 목을 감게 덫을 쳐두었다. 그리고 냄비로 또하나의 덫을 만들었다. 어릴 때 나뭇가지를 세워 고정시켜놓은 뒤 소쿠리를 엎고 실을 연결하여 새를 잡은 적이 있다. 낙동강과 가까운 시골 할머니 집에서 낚시로 배스를 잡은 것과 함께 가장 기억에 남는 것이 참새를 잡은 일이었다. 수수나 기장 같은 곡식을 뿌려두면 마당까지 참새들이 모여들었는데, 기다리다가 새가 오면 연결해둔 실을 잡아당겼다. 그러면 나뭇가지가 넘어지면서 곡식을 먹고 있는 참새를 소쿠리가 덮치는 것이었다.

미끼는 불린 쌀알이었다. 소쿠리 대신 냄비를 엎었다. 해가 지자 바다를 누비던 새들이 섬으로 돌아왔다. 불린 쌀알을 홀린 듯 정신

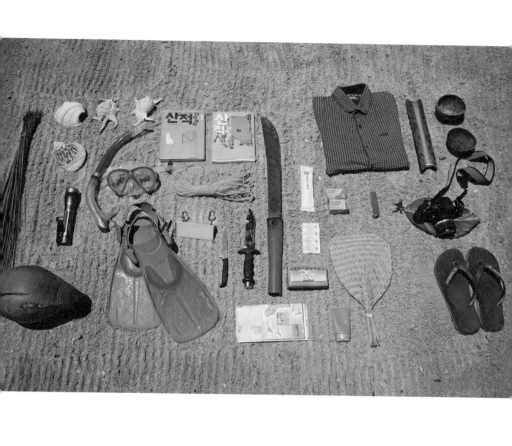

없이 쪼아먹던 녀석이 사정권에 들어왔다. 망설임 없이 실을 잡아당겼다. 이 한 번을 놓치면 또 하루를 놓쳐야 한다는 생각으로. 새를 덮쳐야 할 냄비가 바닥에 닿는 시간이 너무나 길었다.

무거운 냄비가 떨어지는 것을 알고 날개를 퍼덕여 날아가려던 찰나, 냄비가 온전히 바닥에 붙었다. 새의 한 발만 밖으로 나온 상태였다. 날개의 퍼덕거림이 심해 곧 냄비가 들릴 것 같았으므로, 순식간에 달려가 새를 잡았다. 해체 시작.

전화로 치킨이나 주문할 줄 알았지 살아 있는 새의 숨통을 끊은 적은 처음 있는 일이었다. 할머니 집 근처에서 열리는 시장에서 명절 때 독수리(시골 닭이 워낙 커서 가족들은 독수리라고 했다. 나는 그런 줄도 모르고 진짜 독수리라 생각했지만)를 고르고 한 바퀴를 돌고 와 손질된 고기를 받아본 적은 있어도, 직접 해체를 해본 적은 없었다.

『산적 다이어리』에서 잡은 새를 어떻게 손질하는지를 보면서 따라했다. 목을 비틀어 죽인 뒤 피를 빼고 뜨거운 물을 부어 털을 뽑았다. 배를 갈라 내장을 빼고 똥집을 딴 다음 모래들을 빼냈다. 심장, 간, 콩팥 따위는 뾰족하게 손질한 나뭇가지에 꽂아 구웠다. 털을 뽑고 내장을 빼낸 새는 손바닥만한 크기로 줄어들어 있었다. 불길에도 잘 견딜 것 같은 나무에 새의 다리를 꼬아 걸고 낚싯줄로 고정시켰다. 모가지는 쳐냈지만 여전히 비죽 나와 있는 목뼈도 낚싯줄로 묶었다.

31

먹을 것은 없지만 질긴 새의 가슴살을 뜯으며 세상 모든 날것들은 강하다는 생각을 했다. 적도의 새는 상당히 퍽퍽한 고기를 가지고 있어서 내가 얼마나 지구 깊숙한 곳으로 왔는지 알게 해주었다. 지방이라곤 하나도 없을 것 같은 고기의 털을 뽑았을 때 한 번, 다 구워졌을 때 또 한 번, 이렇게 두 번에 걸쳐 크기가 줄어들었을 때라도 알아봤어야 했다. 야생에서 생존하고 있는 고기란 것을.

적도의 새도 날것이었고 강했으므로 소주를 꺼내 몇 모금 마셨다. 그래서 생생한 회에는 소주가 잘 어울리나보다. 연거푸 석 잔을 마셨다. 남은 소주는 아껴두었다가 빗소리를 들으며 한 잔, 잡은 생선을 회로 쳐서 한 잔, 해변에서 거대한 거북을 봤을 때 또 한 잔, 섬에서의 마지막날, 무수한 별을 쓸어담는 파도 소리에 또 한 잔을 마셨다. 그렇게 소주병은 비워졌고 세상 가장 날것이라고 생각하는 것들과 만났다. 무인도에서 이상한 새 한 마리를 잡아먹고, 야생을 이야기하고 소주를 이야기하다 결국 소주 한 병엔 세상이 들어 있다는 이상한 결론을 내린 밤이었다. 도시에서 사육된 인간이어서 그곳의 모든 것이 날것이었던 날이었다.

참, 술꾼이라 생각하겠지만 오해입니다. 섬에는 한라산 하나만 들고 갔습니다. 섬으로 산을 들고 갔으니 커 보이겠지만 딱 한 병이랍니다.

특 별 레 시 피

말랑한 삶의 무게를 온몸으로 떠받치다 등이 굳어버린 갑오징어의 　　35
생명력을 포로 떴습니다. 마르면 마를수록 바다의 깊이만큼 딱딱해
지더군요.

　상어에게 물려 오른쪽 다리가 없는 거북의 눈물을 오래도록 끓였
습니다. 자꾸 오른쪽으로만 비틀어지던 몸이 균형을 찾았습니다.

　바다에서도 희번덕거리는 고등어의 푸름을 썰었습니다. 바다보
다는 이 세상에 더 어울리는 감각 같다는 생각이 들어서요.

건드리면 몸이 열 배는 족히 커지는 가시복 부레의 끈기를 장독에 담아 모래에 묻어두었습니다. 포기하고 싶을 때마다 다시 모래를 파다보면 그 끈기가 나올 것 같았습니다.

새벽 바다의 깊은 소리가 나는 소라의 포용력을 다지고 다졌습니다. 조금은 단단하게 하여 주머니에 넣고 다니려고요.

투명한 촉수 수십 개의 감각으로 온 바다를 유영했을 해파리의 자유를 양념하지 않은 채 끓였습니다. 맑은 자유가 증발하여 더 많은 세계로 가면 좋을 것 같았습니다.

36   수십 번 발길질을 해야 앞으로 나아가는 새우 다리의 부지런함을 따뜻한 물에 담가두었습니다. 밤이면 찬 바다에서 붉은색 야광 눈으로 충혈되는 새우가 조금 쉬면 좋겠어서요.

태풍 같은 파도일수록 더욱 단단히 붙어 제자리를 지키는 아기 따개비의 억척스러움을 기름에 볶았습니다. 그제야 기를 죽이는 빨판의 힘줄을 보고 마음이 놓였습니다.

여러 방향으로 움직일 수 있게 하는 가오리 안지느러미의 방향감각만 바람에 말렸습니다. 가장 낮은 곳에서 헤엄치다 바닥이 되어버렸으니 이제야 날갯짓을 하겠지요.

감히 다가가기 힘든 근엄한 고래 등의 부드러움도 있고요. 납작하게 엎드리는 것도 모자라 제 몸을 드러내지 않으려는 광어의 마음을 추리는 일도 있습니다. 플랑크톤만 먹고도 거대하게 자라는 대왕조개가 입을 벌릴 때를 기다렸다가 삶의 노하우만 담아내는 것도 제일입니다.

그만큼 조리법도 아직 많이 남았는데요. 데커레이션 같은 건 하지 않아도 좋을 것 같습니다. 이렇게 요리가 다 완성되면 초대하겠습니다. 세계를 다 이해하려는 과한 걸음걸이만 두고 오세요. 본인 말고 그림자만 오세요. 그들은 거짓을 하지 않으니까요. 우리 음식의 재료들도 한 꺼풀을 벗겨 조리했으니 이해하실 거라 믿습니다.

그럼, 좋은 음식과 멋있는 이들과의 만찬을 시작하겠습니다.

* 김기택 시인의 「오늘의 특선요리」를 변주함.

해 삼 의 발 견

물이 빠진 이른 아침이었다. 이 시간이면 매일 섬을 한 바퀴 돌았다.
물이 빠지는 새벽에 한 번, 늦은 오후에도 한 번. 물이 빠질 때에는
해변으로부터 2킬로미터까지 바다가 물러나 있었다. 서해처럼 물이
완전히 빠지는 것이 아니어서 발목 정도까진 물이 찰랑거렸다. 그
래서 운이 좋으면 걷다가 큰 고기들도 잡을 수 있었다. 물이 빠질 때
함께 빠져나가지 못한 고기들이었다. 내가 머무르는 무인도에서 조
금 떨어진 곳에 작은 섬이 하나 있었다. 오늘은 그곳까지 걸어가보
기로 했다.

  얕은 바닷물이 바람에 일렁이면 융단을 깐 것처럼 표면이 출렁였
다. 표면에서 몇 겹의 바람을 걷어두고 잠시라도 조용한 바다의 바

닥을 보고 싶었지만 사방이 수평선이었다. 내가 할 수 있는 일은 아닌 것 같았다. 섬과 섬이 연결되는 몇 시간, 그것부터가 나의 권한 밖이어서 그저 바다 위를 걷게 해준 이 시간에 감사해야 했다. 바람이 잦아들고 물이 가장 많이 빠지는 시간대가 되었다. 그래서 섬까지 가는 길에 모래가 쌓인 부분이 드러나 잠시 앉아 쉬고 갈 수 있는 섬이 몇 개 더 생겼다. 잔잔해진 바닷물은 맑고 얕아서 잘 닦인 유리에 가까웠다.

해삼은 가만히 자갈과 돌 사이에 있었다. 주변 색과 비슷하여 언뜻 보고 그냥 지나치기 쉬운데 마침 딱 마주쳤다. 먹을 것을 구하지 못해 뭐라도 찾을 기세로 목을 빼고 바닥만 들여다보다 발견한 것이었다. 크기는 손바닥 하나 하고도 반을 더 붙여야 하는 크기다. 나는 그 해삼을 물에서 건져냈다. 우선 물에 담가두었다가 돌아올 때 건져갈까도 생각했지만 드넓은 곳에서 다시 이곳을 찾아올 자신이 없었다. 한 손에 해삼을 들고 앞의 섬까지 걸어갔다. 해삼의 위쪽 표면은 생각보다 거칠었지만 아래쪽은 매끈하고 미끄러웠다. 속이 탱탱하여 뭔가 가득차 있는 느낌을 주었다.

한 손에 해삼을 털레털레 들고 섬으로 넘어가는 동안 해삼은 몸속의 것들을 게워내기 시작했다. 형체를 유지하게 해줬던 물을 빼더니 흰색의 긴 실타래들을 뿜어냈다. 여러 갈래의 얇고 긴 흰 줄기들이 국숫발처럼 터져나왔다. 몸 전체에선 매끈한 액체들이 스멀스멀

끈적하게 나왔다. 그렇게 물과 흰 내장들이 다 나오니 해삼은 홀쭉해졌고, 내가 손으로 잡아 움켜쥔 자국대로 움푹 파였다. 마치 물기가 많은 찰흙처럼 손가락 힘이 그곳에 붙어 있는 모양새였다.

때문에 해삼은 볼록하고 통통한 모습에서 길고 가는 모습으로 바뀌었고 매끈해졌다. 이젠 해삼을 문지르면 위아래 표면이 서로 닿을 것 같은 느낌까지 들었다. 풍선에서 바람이 빠지듯 물을 빼내고 내장마저 토해낸 해삼의 껍질만 남은 셈이다. 나도 마음먹으면 속엣것들을 모두 털어낼 수 있으면 좋겠다는 생각을 종종 하곤 했는데 해삼은 너무나도 자연스레 찌꺼기들까지 몸밖으로 내보냈다.

별다른 저항도 없고, 스스로 속을 비워주니 별도로 손질할 것도 없었다. 우둘투둘한 겉만 살짝 긁어내고 바로 썰어 먹었다. 떨어지는 별을 볼 때마다 고래가 한 마리 죽는 것이라 생각했는데, 해삼을 질겅질겅 집어먹으면서는 작은 별들이 가루로 떨어지는 것이라 생각했다. 물이 빠지면 바다 곳곳에 별처럼 그들이 박혀 있는 것 같았고 씹을 때마다 도톰한 속살이 뿌드득거리며 으스러지면서 떨어져 나왔기 때문이다.

섬에 살게 된다면 레스토랑을 하나 열고 싶다. 나만의 비밀 식당이 섬에 하나 있는 것이다. 메인요리는 그날그날 잡히는 것으로. 에피타이저나 디저트 정도로는 해삼을 적어둘 수 있을 것 같다.

그러고 보니 남극으로 가는 배 안의 레스토랑에도 독특한 메뉴가 있었다. 남극에서 열리는 마라톤대회에 참가한다고 아르헨티나에서 남극행 배를 탔을 때였다. 사흘간의 항해 끝에 빙하와 펭귄들이 보이기 시작했고, 거대한 고래도 만났다. 이윽고 목적지에 내려야 하는 날, 방송에서 남극 도착 기념 특식이 나온다고 했다. 메뉴는 이랬다.

옵션 1	유기농 해초 파스타와 황제펭귄의 알, 그릴에서 구운 범고래 스테이크
옵션 2	고래 갈빗살 BBQ와 앨버트로스의 알 요리
채식주의자	네덜란드식 허브 드레싱과 남극식 야채샐러드에 곁들인 푸른고래의 수염
디저트	젠투펭귄의 배설물과 바다표범의 기름으로 만든 크림을 얹은 백만 년 된 남극의 빙하

함께 배에 탔던 사람들 모두 깊은 고민에 빠졌다. 차마 펭귄이나 앨버트로스, 고래나 바다표범은 먹을 수 없다는 생각에 대부분 채식주의자의 식단을 선택했다. 고래의 '수염'이라면 그나마 나을 것 같아서였다. 그런데 수염은 대체 어떻게 구하는 것일까. 다들 떨리는 마음으로 음식을 기다렸고, 음식이 나와 수염을 찾는 과정에서야 선장과 주방장의 장난이었다는 것을 알았다.

그때 일을 생각하며 무인도에서 싱싱한 재료들로 음식을 파는 식당을 생각했다. 바다가 허락하는 날에만 잡을 수 있는 생참치의 눈물이라든가 집 나와 혼자 사는 문어의 네번째 다리, 오늘의 바다 색과 가장 비슷한 고등어의 푸른 등살이 나오는 비밀의 식당.

그간 내 손에서 너무 많은 삶들이 지나갔다. 해삼처럼 잡히고 나면 내장을 토하며 곧바로 죽음을 직감하거나, 끝까지 자기가 어떻게 될 줄 모르고 파닥거리는 생선, 바닷물 그대로 담긴 채 서서히 뜨거운 물에 삶기는 고동들도 그랬다. 매번 그들을 방치하거나 아무런 감정 없이 대한 것은 아닌지.

해삼 한 마리에도 너무 많은 세상들이 들어 있었나보다.

내 가 좋 아 하 는 시 간

48   섬에는 제가 좋아하는 시간들이 많은데요.

달이 바다 위로 날아오르는 생생한 시간.

파도와 맞닥뜨린 햇빛이 바다에게 고개를 숙이는 시간.

불가사리들의 인사를 나 혼자 받아줄 수 있는 시간.

섬이 조금씩 움직여 해변에 물이 차는 두번째 시간.

별이 조약돌로 박혀 밤이 되길 기다리는 오후의 시간.

바다로 떨어지는 빗물이 다시 또 빗물이 되길 상상하는 무염의

시간.

야자나무가 코코넛 열매에 물을 채우는 달달한 시간.

태풍을 정면으로 맞서며 단단해진 바위들의 듬직한 시간.

문득 튀어오르며 물위를 날아오르는 날치의 날랜 시간.

지나가는 작은 배들의 모터처럼 통통이는 시간.

분침 대신 그림자의 각도로 드러나는 야생의 시간.

육지에서 출발한 여름이 섬까지 오기를 기다릴 수 있는 시간.

그래서 섬마다 계절이 다를 수 있는 시간.

억척스레 붙어 있는 소라들의 압축된 시간.

떠내려온 쓰레기들의 처지들을 들여다볼 수 있게 귀를 여는 시간.

꼬리 칠 때마다 뿌려지는 비늘의 비릿함이 번뜩이는 시간.

무엇보다 푸른 바닷속 푸른 생선에서 흐르는 빨간 피의 시간.

여기까진데요, 분명 여기저기 아직도 찾지 못한, 숨어 있는 시간 49
들이 있습니다.

시간은 사람의 것이어서요.

다가가기 힘들 때도 있고 괜스레 먼저 조심스러워질 때도 물론
있습니다.

더 많이 가지고 싶지만 가지면 다시 한쪽에 처박아두는 것들이기
도 합니다.

그래서 앨범을 뒤지듯 이 페이지에 시간을 모아둘까 합니다.

무인도에는 아직 더 많은 시간이 있을 겁니다.

밥 을   지 으 며

밥을 짓기 위해 모닥불을 피웠습니다. 밥솥이 알아서 해주는 밥만 먹었지 이렇게 직접 장작을 때며 밥을 지어 먹는 건 처음입니다. 중간중간 밥이 잘되고 있는지 확인하고 불 조절을 해야 해서 잠시도 떨어져 있을 수 없었습니다. 뚜껑을 열어 물을 조금 더 넣다가 피어오른 재들이 솔솔 솥 안으로 들어가기도 했습니다. 숯과 재는 소화를 도와주는 것이란 말을 언뜻 들어본 적이 있는 것 같아 둥둥 떠 있는 재를 못 본 체하고 다시 뚜껑을 덮었습니다.

밥을 지으며 이 밥이 잘될까라는 생각보다는 다른 생각을 더 많이 했습니다. 밥을 지을 때 뜸을 들인다고 하는데 그것이 무엇인지와 같은 생각이요. 증기를 빼내는 작업이 뜸을 들이는 것이었습니

다. 뜸을 '준다'거나 뜸을 '빼낸다'가 아니라 '들인다'고 한 것은 조금 더 풍성하게 먹고 싶은 마음이 들어간 것이란 결론을 내렸습니다.

첫날은 바닷물로 밥을 했습니다. 마실 물도 부족한 무인도였으니까요. 당연히 먹지 못하는 밥이 되었습니다. 바닷물로 지은 밥은 텁텁하고 짭조름하고 매캐했습니다. 물론, 작은 파래들도 밥 사이사이 끼어 있었고요.

아마도 바닷물엔 수많은 바다 생물이 녹아 있기 때문이 아닐까 싶습니다. 저는 바다가 푸른 이유는 물의 깊이나 빛의 파장 때문이라고 생각하는 사람이 아닙니다. 해파리의 몸통, 산호의 표면, 뱀장어의 꼬리, 놀래기의 지느러미, 거북 등껍질과 참돔 아가미의 색들이 섞여 있기 때문일 겁니다. 그래서 깊은 바다일수록 색이 어두워지는 것입니다. 점점 더 많은 생명체들의 색이 스며들어 어두워지는 것이지요.

바닷물의 짠맛은 포식자들에게 먹히지 않으려는 생명체들의 몸부림 속에서 나왔을 겁니다. 자신의 무리를 덮치려는 넙치의 눈을 피하는 멸치 떼의 움직임이거나 큰 눈을 가진 볼락의 눈물일 수 있겠다는 생각을 했습니다. 외성과 절규의 맛이 생명을 유지하게 해주는 짠맛일지도 모릅니다.

한 번 더 넣어준 물까지 다 졸아갈 즈음에는 역시 밥은 어떻게 먹느냐, 어디서 먹느냐, 어떤 물로 만드느냐에 따라 다르다고 결론지었습니다. 뜸을 들인다고 말하듯 더 풍성한 밥이 되게 해야 합니다. 그러려면 너무 많은 아픔을 가지고 있지 않은 물을 넣어야 합니다.

반찬도 없이 흰밥을 힘껏 불어가며 먹는 저처럼 또 외로운 곳에서 먹어야 합니다. 속이, 마음이, 사람이, 나의 존재가, 어떤 것이라도 좋으니 역시 뭔가가 부족할 때 더 맛깔나나봅니다.

그렇다고 요리사처럼 매번 황금비율을 재량할 수도, 시인처럼 언제든 외로워질 수도 없으니, 우리는 밥을 지을 때마다 뜸이라도 들이나봅니다.

쁘띠 테니아

#뉴칼레도니아 #누메아 #프랑스령

어느 별을 지나고 있나요? 누굴 만나러 가는 길인가요?
낙타의 땅이 아니라면, 펭귄의 대륙도 아니라면,
이 비행기는 곧 추락하여 바다로 헤엄쳐갈 겁니다.
그러면 고래를 타고 인도양을 지나 코끼리로 만납시다.
긴 코를 맞대고 남쪽 바다를 유영하는 긴 꿈을 꿉시다.

그렇고 그런 세계

파도는 거품을 탄생시키고, 거품은 태양을 가두고, 그것이 자글자글
터지며 비로 내리고 깊은 물 아래 세상으로 떨어지며 푸르게 강으로
정글로 스며들고, 그래서 열대는 바다 안에 있으며 바다는 열대 속
이니 그 속에서 코끼리도 나오고 고래도 나오는 것이다. 아마존에
고래 뼈가 있다고 해서 이상할 것도 아니고, 화산재가 뜨거워 입을
벌린 조개가 있다거나 바다에서 도마뱀의 꼬리가 떠올랐다고 한들
놀랄 일이 아니란 것이다.

비가 내리는 오후는 바다가 떠오르는 오후이기도 해서 뒤집히고
뒤집히다 속을 알 수 없는 심연으로 휩쓸리는 주말. 빌딩숲에서 흘
러나온 나는 물속에 들어가기로 한다. 정글도를 허리에 차고 언제

악어가 입을 벌리고 나타날지 몰라 긴장감으로 늪을 지나기도 하고 갑자기 튀어오르는 다랑어 떼를 지나 황량한 사막으로 간다. 설산을 지나 도달한 사막의 끝엔 다시 도시가 있고 한 빌딩의 방으로 들어간다. 굳게 잠긴 방의 문 앞에서 내가 할 수 있는 유일한 일은 왔던 길을 되돌아가는 것.

바다는 그렇게 오갈 길 없는 이들의 순례길이 된다. 망망한 바다에서 가끔 배들이 경적을 울리는 것은 순례자인 그들을 피하기 위해서다. 순례자들은 먼길을 가다 나처럼 무인도에서 이따금씩 쉴 뿐이다. 밤마다 주말마다 비가 오는 날마다 헐벗은 발자국 소리들이 들리기에 나는 이곳에 마냥 편히 그리고 오래 있을 수 없다. 애초에 인간이 혼자였다면 울지 않았을까.

62 도시엔 그렇게 문이 잠긴 방이 수두룩하다.

생 존 동 료

병률형과 부루마블을 한 판 하고 있다. 벌써 다섯 바퀴를 돌았다. 이번에도 주사위를 던졌다. 주사위는 부루마블 판 위를 몇 바퀴 휘돌다 멈췄다. 누군가의 땅을 뺏고 뺏기는 곳이 아닌, 쳇바퀴 돌듯 같은 삶을 살지 않아도 되는 곳은 없을까. 판의 가장 외진 곳. 내 것이 아닌 호텔과 빌딩숲 사이로 저멀리 무인도가 보였다. 각각의 말들은 무던히 열심히도 살았나보다. 주사위는 던져질 만큼 던져져 판 위엔 이미 호텔과 빌딩이 가득했으니. 매일 같은 일상에 지쳤을 즈음 우린 복잡하고 어지러운 세상을 벗어나 뉴칼레도니아의 무인도에 안착했다. 여러 바퀴를 돈 다음 무인도에 안착하여 3턴을 쉬어본 사람이라면 무인도가 주는 평온함이 어떤 것인지 알 것이다.

이번에도 함께 떠난 병률형과는 시베리아로 가는 기차에서 처음 만났다. 부루마블의 두 말이 러시아에서 만난 셈이다. 블라디보스토크에서 모스크바를 거쳐, 바르샤바, 베를린까지 가는 동안 기차에서 참 많은 이야기를 나누었다. 나는 머리가 복잡할 때면 혼자 떠나는 무인도 여행에 대해 이야기했다. 세상의 고요와 홀로 대적할 수 있는 곳, 무수히 쏟아지는 별을 바라보며 밤을 지새울 수 있는 곳이라고. 그러던 중 형은 단 며칠이나마 휴대폰이 아예 터지지 않는 곳에서 못 읽었던 책 한 권을 천천히 읽고 올 수 있다면 그것만으로도 좋을 것 같다고 했다.

남태평양의 뉴칼레도니아에 있는 무인도에 가기로 한 것은 2015년 7월, 시베리아를 달리며 정했다. 자작나무 빼곡한 푸른 숲들을 보면서 무인도도 이만큼 푸른 곳으로 가자고 했다. 순전히 바다가 푸른 섬으로. 세상의 바다가 정말 하나일까라는 생각이 들 만큼 바래지 않은 푸른빛이 강렬한 곳이어야 했다.

쁘띠 테니아Petit Tenia란 이름의 무인도는 뉴칼레도니아의 누메아에서 그리 멀지 않은 블루파리로 간 다음 다시 배를 타고 30분 가량을 더 가야 한다. 도착하고 얼마 지나지 않아 먹구름이 태양을 가리더니 비를 쏟아내기 시작했다. 너무 쨍쨍해서 원망했던 해의 완벽한 복수. 그늘막 텐트를 부랴부랴 비닐로 덮고, 배낭을 나무 아래로 옮기는 동안 애써 피워놓은 불은 꺼졌다. 땔감으로 모아둔 나뭇가지들

도 이미 다 젖었다. 그렇게 무섭게 비를 토한 먹구름은 다시 해를 내놓고 사라졌다. 이 모든 게 10분 만에 일어난 일이었다.

다시 시작. 큰 나무 아래에 있는 젖지 않은 나뭇가지를 모아 불을 피웠다. 불 주변으로 나무를 모아 말렸고 며칠간은 불씨를 유지할 수 있도록 큰 나무에도 불을 붙였다. 내가 불을 붙이는 동안 병률형은 숲으로 들어가 장작을 척척 해왔다. 이런 상황이 짜증날 법도 할 텐데 슬리퍼에 반바지 차림으로 습한 기온과 모기에 맞서며 묵묵히 땔감을 날랐다. 나뭇가지에 다리가 긁히는 줄도 모르고.

크랩을 잡아먹을 때에도 열정적이었다. 먼저 달려가 크랩의 집게를 제압하곤 웃으면서 봉지를 가져가는 나를 기다리곤 했다. 갓 잡은 게를 바로 구워 다리를 뜯으면서는 입 주변에 시커먼 재를 뒤집어썼다. 상상해보라. 방금 잡은 야생의 크랩을 불에 굽고 집게다리를 척척 뜯는 모습을. 러닝만 입고 다니다 어깨가 다 타버린 주인공을. 추리닝에 정찰모를 쓰고 마실가듯 섬을 둘러보는 장면을. 잡은 새를 그냥 굽지 말고 와인에 숙성시키자는 무인도 셰프를.

69

이제껏 내가 봤던 따스한 책들의 작가가 과연 맞는가. 흙이 감정을 참지 못한 것을 찬란이라 말한 시인이 맞는가. 그렇게 다시 바깥으로부터 다가온 병률형은 그래서 더 강한 끌림이 있었다. 속으로만 생각하며 만날 수 있다는 생각조차 하지 않았는데, 시베리아를 달리며 함께 보드카를 마셨고 미크로네시아에선 해삼에 한라산을 꺼냈으며 프랑스령인 이곳에선 그리 비싸진 않지만 적당히 무거운 와인을 마신다. 해가 진 후부터 열리는 코르크 마개는 낮의 노동을 잊기에 충분했으니 나뭇가지에 걸어둔 랜턴이 바람 따라 이리저리 흔들릴 때마다 동료애가 쌓였다.

장작불에서 살기 위해 기어나오는 게를 불쌍하다면서도 다시 불 속으로 밀어넣었던 형. 그래도 새벽에 섬을 돌다 발 앞에 있는 물뱀을 봤을 때 소스라치게 놀라며 잡았던 형의 손은 따스했으니 나는 무인도에 머무는 내내 안도감을 느꼈다. 생존을 해야 하는 상황에서도 생명에 대한 이성을 가지면서도 그들을 시인의 눈으로 감싸는 형이 있어 나는 약간의 죄책감과 무게감을 덜어낼 수 있었다. 많은 말을 하지 않아도 따스함이 느껴지는 형과 함께, 나는 지금 뉴칼레도니아의 작은 섬이다.

또 한 마리의 새를 잡으며

마실 물만 나온다면 굶어죽지는 않을 것 같다는 생각이 들 정도로 이 섬엔 먹을 것은 많았다. 물속엔 손가락만한 크기부터 팔뚝만큼 긴 고기들이 있었고 바위틈으로 조개들이 보였다. 물이 빠졌을 때엔 바게트보다 굵은 해삼이 떡하니 해변에 놓여 있곤 했다. 하지만 첫날을 제외하곤 날씨가 계속 흐리고 파도가 많이 치는 바람에 눈앞의 해삼도 잡기가 쉽지 않았다. 때문에 불린 쌀알을 미끼로 넣은 페트병 통발을 놓아도 고기는 잡히지 않았다. 도마뱀과 뱀도 있었지만 또 그것을 잡아먹을 정도로 배가 고프진 않았다.

만일의 사태에 대비해 비상식량으로 가져온 음식들을 만지작거리는 소득 없는 이튿날 저녁, 느닷없이 검은 새 한 마리가 우리 앞으로 날아와 앉았다. 우린 너무 놀라 소스라치며 서로의 얼굴을 바라보다 얼마가 지나서야 가만히 새를 관찰하기 시작했다. 텐트를 날릴 듯이 거세게 부는 비바람은 새들에게도 위험한 날씨였나보다. 어스름히 지는 바다 위의 새들이 섬으로 날아들고 있었다.

아기 울음소리를 을씨년스럽게 내는 이 검은 새를 잡는 것은 어렵지 않았다. 가까이 다가가도 날아가지 않고 총총 뛰어다니며 도망갈 뿐이어서 조용히 목덜미를 잡으면 됐다. 털을 뽑고 손질을 한 다음 배를 가르고 마늘과 파, 양파를 넣은 후 와인으로 숙성을 시켰다. 무수히 많은 별을 보며 한 잔, 별똥별이 하나 떨어질 때마다 또 한 잔씩 하자고 했던 와인. 그리고 긴 나뭇가지에 꽂아 훈제를 시작했다.

잘 달구어진 숯 위로 새를 돌린 지 한 시간 반. 기름이 한 방울씩 떨어지고 바람이 적절히 불어주어 숯은 밤새 붉고 강렬한 색이었다. 그렇게 새 한 마리를 먹기 위해 꼴딱 밤을 새웠다. 기름이 빠지면서 구석구석 잘 익은 야생 새의 껍질은 바삭했다. 속살도 느끼하지 않게 잘 구워졌다. 지방이 없어 살짝 퍼석하긴 했지만. 섬에 들어온 이후로 씻지도 못하고 맨손으로 야생의 새를 먹고 있는 모습이 우스웠다. 세상 가장 외딴 곳에서, 아무도 없는 이곳에서 살아 있다는 것을 실감하는 순간이다. 대충 걸친 옷에는 오직 점잖게 엄습해온 연기만이 구석구석 박혀 있다.

그리고 또하나 실감한 것이 있다. 실은 이제 별 감정이 없는 것이 덜컥 무섭다. 처음 무인도를 다니며 작은 새 한 마리를 잡았을 때는, 해변에서 조개를 줍고 작살로 물고기를 잡았을 때나 덫으로 도마뱀을 잡았을 때는 모든 것에 감사하는 마음이었다. 물고기의 배를 가를 땐 마지막까지 몸부림치는 생명을 최대한 느끼려 했고, 삶은 조개의 입을 열 때엔 그 속의 우주에 대해 떠올리려 노력했다. 배가 고픈 와중에도 도마뱀이 누비고 다녔을 섬의 여러 곳들에 잠시나마 함께 다녀오는 시간을, 잭푸르트나 바나나 따위의 열매에겐 기다림에 대해 묻곤 했다. 그러다가 아무 생각 없이 척척 새의 털을 뽑고 속을 손질하는 나를 본 것이다. 딱 먹을 만큼만 잡는 것은 그때와 같지만 어떤 마음을 가지고 있느냐는 분명 차이가 있었다.

76   다 먹은 새구이의 뼈를 버리러 바다에 갔다가 아직 눈감지 못한 잘린 새의 목을 봤다. 손질을 하면서 바다에 던진 것이었다. 잘린 목과 깃털이 바다와 모래 사이를 파도에 실려 왔다갔다하는 모습은 산다는 것이나 생명을 유지한다는 것 따위에 대해 생각해보게 한다. 먹을 것이 풍족한 곳을 떠나 부러 이런 곳에서 생존을 외치는 것에 대해 죄책감과 후회를 느끼며 오만한 마음을 씻어냈다. 아무리 손을 씻어도 역시 마음은 찝찝할 뿐이다. 살기 위해 어쩔 수 없이 먹을 것을 찾는 것이 아닌 나는, 무엇을 위해 이 먼 곳까지 찾아와 새를 잡은 것일까.

뗏 목

내 마음속으로 걸어들어왔다가 먼저 훅 빠져나가버렸던 사람처럼
나도 무인도를 찾아왔다가 돌아가는 연습을 한다. 마음속에서 그 사
람이란 존재가 소리 없이 조금씩 빠져나갔던 것처럼 그리고 아예 홀
연히 사라져버렸던 것처럼 나도 이 바닥을 벗어나 먼바다로 흘러들
려 한다. 누구에게도 전달될 리 없는 해변의 HELP가 허공만을 바라
보고 있는 동안 떠내려온 대나무들을 주섬주섬 모아본다. 속이 텅
빈 대나무는 나를 정처 없이 새로운 세계로 인도할 것이다.

  뗏목을 만들어 섬을 빠져나온다는 시나리오를 짜지만 막상 섬에
서 아무것도 없는 바다를 바라보고 있으면 그 위압감에 다른 생각을

하지 못하게 된다. 섬에서의 탈출은 곧 새로운 세계로의 입문임을 섬
에서 지내다보면 알게 되는 것이다. 뗏목을 띄우는 일은 그래서 두렵
고 필사적이다.

그렇게 필사적으로 뗏목을 탄 사람들이 실제로 있었음을 어느 다
큐멘터리에서 봤다. 대학교에서 역사 수업을 하셨고 나와 유럽까지
실크로드 횡단을 함께했던 교수님이 직접 제작한 뗏목을 타고 일본
으로 가는 것이었다. 무동력으로 오직 조류와 바람을 이용해 수일에
걸쳐 뗏목 항해를 하는 모습은 거친 파도와 내리쬐는 태양을 벗삼아
바다를 누비던 어느 만화영화의 주인공 같았다. 전진을 저지하는 파
도를 길들여 나아가고 별에게 물어 지도에선 보이지 않을 만큼 조금
씩 길을 만들어가던 모습이 강한 인상으로 남아 있었다.

그에 비하면 나의 뗏목은 초라하기 그지없다. 방향을 잡아줄 돛
도 없고 앞뒤를 구분할 조타석도 없다. 제대로 된 모양의 노도, 물과
음식을 넣어둘 저장고도 갖추지 못했다. 일단 물에 뜨기만 한다면
그걸로도 좋을 뗏목을 완성하는 데만 하루가 넘게 걸렸고 떠내려온
나무로만 만들다보니 띄울 때부터 걱정이 앞섰다. 그러나 많은 것들
을 하지 못하게 했던 무인도를 내 힘으로 나가는 순간이기에, 사뭇
비장한 마음으로 해변 가까이에 진수한 뗏목에 몸을 실었다.

누군가에게, 어딘가에, 예속되는 순간 나는 그에 대해 거부감을
느끼곤 한다. 계획했던 일이 내가 감당할 수 있는 범위 밖의 일로 커

지면 놓아버리고 지나치게 간섭하는 사람을 오히려 멀리한다. 나를 에워싸 저항 한번 하지 못하고 꼼짝없이 포박되는 상황이 두렵다고 표현해도 될 것 같다. 토네이도의 영향으로 밤새 비가 내리다 그친 무인도가 날 자꾸 가두려 한다는 생각을 했다면 과대망상일까. 피워둔 불을 꺼뜨리고 텐트를 찢을 기세로 강한 바람이 부는 날일수록 나는 아무것도 할 수 없다는 것에 대해 생각했다. 무인도는 이런 날씨를 등에 업어 영영 나를 가둬둘 감옥일 수 있다는 생각이 드는 것이다. 뗏목을 완성해야만 하는 이유였다.

어차피 완벽한 자유는 없어 나는 곧 섬으로 돌아올 수밖에 없을 것이다. 완전한 해방감과 자유가 있더라도 다시 약간의 억압과 구속, 적당한 일과 스트레스, 사람과의 관계 속으로 뛰어들어왔다. 오히려 완전한 자유 앞에선 아무것도 못할지 모른다. 뗏목으로도 완전히 바다를 벗어나지 못하는 나는 물 밖에서 허우적거리는 생선의 마지막처럼 파르르거리며 다시 해변으로 올라올 가능성이 크다. 설령 뗏목을 타고 탈출에 성공하여 도달한다고 해도 그곳 넓은 대륙도 바다로 둘러싸인 섬일 뿐이니 결국 도착지는 또다른 섬임을 안다. 어쩌면 나는 이제껏 섬에서 탈출하기 위해 뗏목을 탔다가 다시 섬으로 돌아오는 이런 일을 수없이 했던 건지도 모른다.

일곱 번의 파도를 견디고 앞으로 나아가던 뗏목은 서서히 가라앉았다. 아주 천천히 물에 잠겨 다시 해변으로 떠밀려왔다. 대나무를 더 모으고 빈 페트병을 주워 나무 아래에 묶었다. 이번엔 꽤 오래 버려 5분 정도를 나아갔다. 다시 돌아오는 일은 나아가는 일에 비한다면 너무 쉬운 일이었다. 더 많은 페트병을 붙여 다시 나갔을 때엔 이전보다 더 먼 곳으로. 하지만 섬이 보이지 않을 정도까지 나갈 뗏목은 만들지 못했다. 섬을 탈출하려 했지만 막상 섬이 보이지 않는 순간을 두려워할 거라는 것을 알기 때문에. 언제든 나갈 수 있다는 것을 확인했으니 그것만으로도 된 일이다. 뗏목을 타고 나가 바다에 떠 있는 시간은 잠깐이지만 모든 자유와 구속으로부터 해방되는 순간이다.

가끔 비행기를 타고 바다 위를 날 때면 나처럼 뗏목을 타고 노를 젓는 사람은 없을까 찾아본다. 그 사람이 원하는 구속의 경계는 어디까지일까. 소리 없이 스르르 선착장의 줄을 풀고 바다로 나가는 저 배들의 끝은 어디일까. 먼바다로 나가는 것이 두려운 나는 아직도 무한에 가까운 자유를 느끼고 있는 수많은 원시 뗏목들을 찾고 있다. 바람 따라 이곳저곳을 다니다 괜찮은 곳을 발견하면 언제든 쉬어갈 수 있을 정도의 자유는 어찌하면 찾아오는 것일까.

지 키 는 일

이곳에선 늘 축축합니다. 게릴라전을 일삼는 먹구름의 전략에 말려
들어 병률형과 나는 늘 긴장 상태고요. 언제 퍼부을지 모르는 비들
은 텐트에도 장작과 모닥불에도 사정없이 침투합니다. 아무리 적게
쏟아진다고 해도 무방비 상태로 노출된 둘은 무조건 피해를 받을 수
밖에 없는 상황. 떠내려온 슬레이트 지붕으로도 바람의 방향에 따라
사방에서 빗발치는 것까진 막지 못했습니다. 그늘막 텐트에서 자다
가 비의 습격을 당하는 바람에 뜬눈으로 밤을 지새우기도 했고, 낮
동안 열심히 모아 말려둔 장작은 햇빛을 받은 시간이 초라해질 정도
로 쉽게 젖어버린 게 한두 번이 아니었습니다.

　불을 붙이는 것보다 지키는 것이 더 어렵다는 것을 실감한 것도

이때입니다. 불을 붙이는 것은 이제 익숙해졌습니다만 비 같은 밤이슬과 밤이슬 같은 비에 젖어 있는 장작으로 불씨를 살리는 것이 곧 생존입니다. 야자나무에 올라갈 것만 생각했다가 정작 코코넛을 따고 난 후 내려오는 게 무서웠던 것처럼 불을 피우는 것보다 어려운 것이 불을 지키는 일이었습니다.

여러 번의 경험상 불을 지키는 몇 가지 방법을 알게 되었습니다. 장작과 장작 사이에 공기가 들어갈 수 있는 문을 만들어두는 겁니다. 바람이 공기문으로 들어와 뒷문으로 나가며 불씨를 살립니다. 불씨는 바람의 입장을 기다렸다는 듯 기립박수로 화답합니다. 갓 달리기를 끝낸 육상선수의 뛰는 심장이 온몸에 피를 공급하는 것처럼 잔가지의 장작에도 불이 붙습니다. 그래서 너무 많은 장작을 넣거나 비바람을 막기 위해 사방을 차단하는 것보단 적당히 그들이 넘나들게 하는 것이 좋습니다. 완전히 막아버리면 속에서만 앓다 주저앉아 버리니까요. 나무에 불이 붙기 전까진 불씨를 꺼뜨리는 바람이지만 나중엔 그 바람이 오히려 불을 살립니다.

불씨를 저장하는 것도 한 방법입니다. 타다 만 장작엔 어김없이 불씨들이 자리잡고 있는데요. 어두운 밤 물속에서 반사되는 새우 무리의 눈처럼 빨갛게 숨어 있습니다. 어렸을 때 시골 할머니 댁에서 본 반딧불이 무리인 것 같기도 합니다. 특히 장작끼리 부딪쳐 파르르 불씨가 피어오르는 장면은 소리를 내면 일제히 날아오르는 붉은

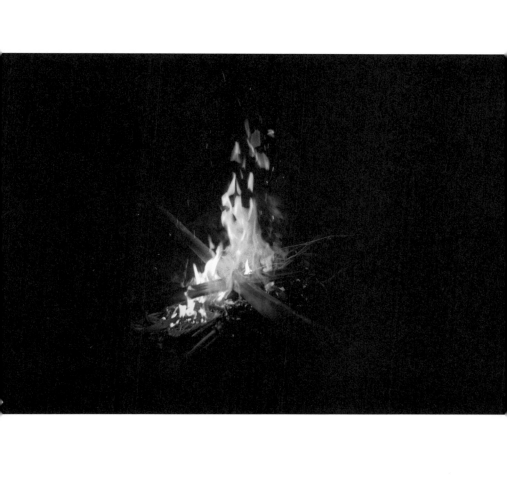

반딧불이의 모습이 아닐까 싶습니다. 이런 불씨들이 붙어 있는 장작을 잎으로 덮어두면 다음에 언제든 다시 불을 피울 수 있습니다. 바람문을 열고 그들의 길을 만들어주거나 때론 직접 공기를 불어넣어주기만 하면 됩니다. 연약한 불씨 위로 완전히 잎을 덮으면 불을 꺼뜨리는 것처럼 보이지만 실은 지켜주는 것입니다.

제대로 된 두꺼운 장작 하나만 있어도 하루는 거뜬히 불씨를 간직할 수 있습니다. 두꺼운 나무의 측면을 태우면 옆구리만 조금씩 둥근 모양으로 타들어가는데요, 그렇게 천천히 나무의 옆면이 야금야금 타들어가면서 그 속에 고스란히 불씨가 저장되는 것입니다. 타들어간 부분엔 불씨가 맺혀 있고 이를 아래로 향하게 엎으면 아래로 둥글게 빈 공간이 생기겠지요. 그래서 모래를 덮어도 아래 빈 공간에 있는 공기로 오랫동안 불씨가 꺼지지 않습니다. 냉장고에서 음식을 꺼내 먹듯 불을 피우고 싶을 때 모래를 걷어 불씨를 꺼내 쓸 수 있습니다. 그래서 불을 키우는 잔가지와 함께 불씨가 안착할 만한 두꺼운 나무가 필요한 것입니다.

무엇보다 가장 중요한 것은 관심입니다. 늘 예의주시까지는 아니더라도 다독여 보살펴주어야 합니다. 너무 불이 세 다른 곳으로 옮겨붙는 것은 아닌지, 약해져 꺼지거나 비를 맞는 것은 아닌지, 물에 오래 들어가 있거나 자는 동안 꺼지진 않았는지 틈틈이 확인해주어야 합니다. 한 번에 마음을 쏟아부어서도 안 되고 그렇다고 오랫동안 멀리해서도 안 됩니다. 적당한 관심만이 불을 지키는 유일한 방법이어서 차라리 불을 피우는 것이 이젠 더 쉽게 느껴집니다.

불씨를 꺼뜨리지 않고 며칠씩 피우다보면 자신감이 생기는데요, 마치 오래도록 사랑하는 사람을 만날 때 필요한 것들인 것 같습니다. 마음만 앞세워 구속하기보다 숨쉴 틈을 주고, 관심이 꺼지지 않도록 간직할 수 있는 요령이 필요합니다. 여러 가지 외부 조건에 흔들리더라도 믿고 사랑하는 두터운 확신과 어느 한순간에 갑자기 다가가지 않고 늘 곁에 있는 마음이 필요합니다. 축축한 나무로 불을 유지할 때가 더 신중하고 기쁜 법입니다. 처음부터 쉽게 불도 붙지 않고 자칫하면 오히려 불씨를 꺼뜨릴 수 있으니까요. 젖지 않은 나무만을 골라 작은 불씨를 살리고 그 곁에서 장작을 말리는 시간은 무엇이든 더 간절하게 만듭니다.

우리의 관계도 쉽지 않습니다. 이제 알았으니 최선을 다해 지켜보겠습니다.

억 지 스 러 운 흔 적

조선시대엔 임금도 열람하지 못했던 것이 사관史官의 기록이었습니
다. 늘 왕과 함께 움직이며 폭언을 하거나 말에서 떨어진 것까지 기
록을 했다지요. 백성을 두고 떠나던 임금의 수라상이 도둑맞았다는
이야기도 사관의 기록엔 있습니다. 사관은 중간중간 개인의 의견을
적기도 하여 왕이 제일 두려워하는 것이 이것이었습니다. 저는 소임
을 다해 왕의 치부까지 낱낱이 기록했던 사관이 되기로 합니다.

　지금 와 있는 무인도 인근에 이곳 사람들이 아쿠아리움이라 부르
는 곳이 있습니다. 섬에서 15분 정도 떨어진 바다라 했는데 멀어서
배 없인 가기 힘들겠다고 하니, 걸어서도 충분히 갈 수 있을 거라고
했습니다. 해안 마을 아저씨의 말처럼 수심이 낮아 쭉 걸어서 갈 수

있었습니다. 그렇게 10분쯤 걸었을까요, 물이 허리쯤 차서 물안경을 끼고 바다로 들어갔습니다. 물속엔 산호들이 가득했고 색색의 물고기들과 일제히 눈을 마주쳤습니다.

고개를 돌려보니 제가 걸어온 길이 산호 군락에 새겨져 있더군요. 얕은 물에 살던 산호들을 밟고 오는 바람에 발자국처럼 제 흔적이 찍혀 있는 것이었습니다. 납작 엎드려 온몸을 물에 담근 후 손으로 조심스레 산호를 짚으며 왔던 길을 되돌아갔습니다. 해변으로 거슬러올라갔습니다. 날마다 보이지 않는 크기로 조금씩 자라난 산호를 단 몇 분 만에 짓밟고 온 것을 확인하는 순간이었습니다.

제가 지나며 밟은 자리엔 가루가 된 산호들이 하얗게 피어오르고 있었습니다. 물속에서 증발한 산호들의 마지막 순간은 가볍게 떠오른 뒤 떠밀려 해변에 닿을 겁니다. 그렇게 하얀 해변이 완성되는 것이지만 마르지 않은 시멘트에 찍혀 있는 발자국처럼 발 모양으로 파여 있는 산호 군락지를 보는 것은 마음 아픈 일이었습니다. 가지가 부러진 노란 산호의 팔 한 짝이 두둥실 떠 있었습니다.

산호 군락이 있는 곳엔 늘 물고기들이 많이 산다고 했습니다. 산호와 공생하는 미생물들을 먹는 작은 고기들로부터 생태계는 시작됩니다. 알을 놓기도 하고 포식자로부터 몸을 숨기려는 고기들이 많아 사람들도 이곳을 아쿠아리움이라 불렀던 것 같았습니다. 집을 잃은 물고기들의 원망스런 눈빛이었음을 이제야 알았습니다. 군체로

연결된 산호 숲은 한군데가 무너지면 옆으로도 도미노처럼 무너져 서서히 이웃집까지 쓰러지는 것을 뜬눈으로 봐야 합니다. 차라리 재건축이라면 모를까 무심한 발바닥이 휩쓴 자리는 전공자가 아닌 제가 보아도 깊게 패 수년간은 회복 불가능입니다.

파르르 떨고 있는 산호는 죽음을 간신히 피했지만 으깨진 붉은색의 산호는 가쁜 숨을 쉬고 있었습니다. 숨이 죽음에 참견하는 괴로운 시간에도 눈치를 보고 있었습니다. 골격 없는 연산호는 짓눌려져 있습니다. 거대한 부채 모양의 산호는 골이 갈라졌고 바위에 박힌 조개들은 묵과해주겠다는 듯 굳건히 입을 다물고 있었습니다.

흔적을 남겨야 한다는 이야기를 너무 많이 들어 노력하다보니 몸이 기억했나봅니다. 흔적을 남기는 사람도 결국 흔적 없이 사라져 잊혀지기 마련인데 어느 순간부턴 무슨 의미가 있냐는 물음도 하지 않게 되었습니다. 흔적은 곧 영광이라 생각한 발들은 부끄러운 줄도 모르고 떡 하니 줄지어 해변까지 행진중입니다.

산호에 긁히면 울퉁불퉁하게 살이 찢어져 쉽게 낫지 않습니다. 게다가 산호엔 독이 있어 긁히면 부어오르는데요, 독에는 눈이 없으니 상대가 누구든 들러붙기 마련입니다. 두 손으로 산호를 짚으며 해변 앞까지 거슬러오르다 뒤에서 다가온 파도를 보지 못해 발목을 긁혔습니다. 가슴과 산호의 거리가 주먹만큼의 간격밖에 되지 않는 지점이어서 진작 일어나야 했으나 또 산호를 밟으면 안 될 것 같았습니다. 처참한 사실을 끝까지 보고 기록하는 것. 그게 제 소관이자 이번 여정의 제 임무입니다.

발목을 긁은 산호들은 물이 빠지면 수면 밖으로 몸이 드러나는 지역에 서식하고 있었습니다. 자신을 덮어주던 물결이 사라지면 스스로 생존해야 하는 것을 알고 있는지 거친 세상살이에 걸맞게 단단했습니다. 물과 뭍의 경계에 사는 산호는 깊은 곳에 사는 산호들보다 스스로 더 강해져야 했나봅니다. 물의 장막이 걷히는 순간 가지마다 맺힌 소금을 갈아 독을 묻히나봅니다. 해변으로 나와보니 몸 여기저기 산호에 긁힌 자국이 꽤 많았습니다.

산호 군락지는 하나의 소우주에 가까웠습니다. 평화롭던 세계의 질서를 어지럽혀 어느 우주와 마찬가지로 생성과 소멸, 복수와 무장, 독살과 음모론이 성행하게 되었습니다. 오늘도 당신은 승자의 입장에서 쓴 역사를 읽고 있습니다. 온몸이 긁힌 사실은 모르고 축소 은폐한 피해 규모만을 배울 뿐입니다. 포탄이 떨어진 자리만 볼 뿐 그곳 사람들의 심정은 알지 못합니다. 다시 그러지 않겠노라, 조심하겠다며 평화협정에 형식적으로 사인한 내용마저 모르는 당신이 똑같은 일을 저질러도 놀랍지 않을 겁니다.

자격 미달의 사관은 이제껏 짓밟은 사실을 역사라 배웠던 것을 알고 파르르 몸을 떨었습니다.

밤 동안 떠오르는 일

아무것도 보이지 않는 밤바다 위는 아찔합니다. 어디로 가고 있는지 이곳은 대체 어디인지 감이 잡히지 않는 시커먼 대양의 가운데는 경이롭기도 합니다. 배를 타고 남태평양과 인도양을 통해 중국, 동남아시아와 인도, 오만, 스리랑카를 거쳐 이란까지 갔을 때의 기억은 이런 것이었습니다. 이때까지만 해도 해적이 활보했던 때였습니다. 그들에게 들키지 않으려 밤이면 모두 불을 끄거나 커튼을 쳤기에 배는 그저 하염없는 어둠 속을 헤쳐나갈 뿐이었습니다. 지구에 덩그러니 던져진 느낌을 주던 불빛 하나 없는 갑판에선 그 어떤 방해도 받지 않고 별들이 빛나고 있었습니다. 오른쪽 수평선부터 왼편의 수평선까지 반원 모양으로 별이 그렁그렁 걸려 있으니 그제야 새삼 지구는 둥글다는 생각을 했더랬습니다. 밤이 살고 있는 거대한 동굴 속을 하염없이 배로 나아갔습니다. 바다에 비친 별들을 하나씩 하나씩 배가 지우고 있으니 배의 동력은 별들인 날이었습니다.

차분한 밤에 살고 있는 별들은 여기서도 볼 수 있었습니다. 하늘 위엔 또다른 세계가 있어 그 세계의 불빛이 별이란 창문으로 새어나오는 것이라 확신하게 된 오늘, 나는 그 창문들의 구도를 생각하기로 했습니다. 이렇게 많은 창을 낸 하늘의 안방은 어떨까요. 그 방에 들어가는 것들은 대체 누굴까요.

지구의 천장 너머가 궁금하다면 지금 바로 가보는 것이 좋습니다. 자주 하늘의 방 안을 출입하는 이들은 분명 이 기간에 많을 것입니다. 그 방의 출입구를 지킬 전사나 무서운 동물들이 없는 시기입니다. 지금 이곳은 남십자자성과 삼각형자리 정도만 선명하게 보이는 시기거든요. 오리온을 죽인 전갈도, 헤라클레스와 대적했던 사자나 물뱀자리도 보이지 않는 기간입니다. 이름만 들어도 굳건히 천상을 지킬 황소나 큰개자리들도 보이지 않거든요.

남반구인 뉴칼레도니아의 비 오는 겨울 하늘은 의외로 허술해서 제 눈엔 많은 이들이 너도나도 먼 하늘로 올라가는 걸로 보입니다. 철새의 긴 행렬이나 낮의 구름, 몇 밀리그램으로 증발하는 바닷물, 어렴풋한 순례자들이 밤을 모르고 별빛으로 향하고 있습니다. 에스키모인들은 별을 깜깜한 풀숲에서 반짝이는 수많은 작은 호수들이라고 했다는데 파르르 떠는 별 사이로 들어가 몸을 녹일 수도 있을 겁니다. 그래서 낮 동안의 증오와 질투, 미움과 시련들이 별을 보면 녹아내리는가 싶기도 합니다.

그들은 은하수를 다리로 올라갑니다. 은하수는 낮의 무지개보단 더 긴 시간 한자리에 박혀 있어 안정적이고 견고합니다. 이렇게 튼튼하고 섬세한 다리였는지는 몰랐습니다. 조각된 다리를 비추는 수많은 조명들까지 있으니 힘든지도 모르고 행성 밖까지 갈 수 있겠지요. 벽돌이 쌓여 있는 것처럼 별에 또 별들이 쌓여 있으니 쉽게 무너지지도 않을 겁니다. 어릴 때 하늘에서 떨어지는 우박을 별이 떨어지는 것이라 생각하고 모았던 적이 있었는데요, 사실 지금도 그렇게 믿고 싶긴 합니다. 만약 은하수 다리가 끊어져 부서진다면 너무 많은 별이 우박으로 떨어져 저처럼 생각했던 아이들이 오후 내내 별들을 주울지 모르겠습니다.

은하수 다리에서 누군가가 발을 헛디뎌 별의 파편이 떨어진다면, 그것은 우리가 말하는 유성이 아닐까 합니다. 떨어지는 별을 두고 유성이나 혜성이라 하기도, 별똥별이라 하기도 하는데요, 제가 보기엔 다리의 어느 부분이 떨어져나갔느냐에 따라 이름만 달리 부르는 것 같습니다. 뉴칼레도니아에 놓여 있는 다리는 너무 많은 이들이 지나가서일까요, 유성이 하염없이 떨어지니 다치지만 않았으면 좋겠습니다.

반면, 별의 창문 너머를 보고 내려오는 이들도 있다는 것을 알아야 합니다. 그중 한 사람이 보이는 게 다가 아니라며 블랙홀을 이야기해주더군요. 블랙홀은 은하수 다리의 주춧돌로 쓰이는 아주 무거운 별의 죽기 전 마지막 모습이라고 했습니다. 은하수가 살짝 드문드문 떨어져 있는 것으로 보이는 건 그런 주춧돌들이 죽어 블랙홀로 있기 때문이라고 했습니다. 정작 별의 창 너머엔 볼 게 없지만 다녀오는 길에 모든 것들을 비워냈기에 가벼운 마음으로 내려올 수 있었답니다. 별의 창 안쪽엔 아무것도 없다는 것에 대한 실망감과 아쉬움까지 홀 안으로 던지고 왔다고 했습니다. 블랙홀의 강한 중력은 그 어떤 빛도 빠져나가지 못하게 하기에 비밀을 털어놓아도 발설될 염려가 없다고도 했습니다. 때문에 지구의 천장 너머를 보고 하강하산하는 많은 이들이 한참을 그 앞에서 중얼거리고 온다는 겁니다. 그리고 홀은 그런 사연들을 모아 또다른 빛을 빨아들이는 중력의 밑천으로 씁니다. 별빛까지 휘게 한다니 다리가 기울 때마다 그 빛을 모아 스스로 보수를 하는 것일지도 모릅니다.

어릴 적 우리집은 왜 별이 많이 없고 할머니 집엔 왜 별이 많냐고 물었을 때 부모님은 별 사냥꾼이 아직 이곳까진 오지 않았다고 했습니다. 그래서 할머니 댁에 갈 때면 슬금슬금 차에 타고 사냥꾼이 우릴 쫓아올지도 모르니 최대한 빨리 가자고 했습니다. 늘 이렇게 많은 별이 있는 이곳을 부모님이 보셨다면 다른 버전으로 이야기를 들려주었을 것 같습니다. 별 사냥꾼이 집 앞에서 너무 많은 별을 사냥

했다가 이곳에서 보따리가 터졌다는 결론의 이야기 같은 것이요.

너무 많이 흩뿌려져 있어 차라리 무섭기까지 한 무인도에서의 밤 하늘은 저를 며칠째 재우지 않고 있습니다.

저 마 다 의 무 인 도

땅속으로 드릴링을 하고 있는 니켈 광산의 한 남자 옆에 채집망을
들고 있는 노인이 있다. 노인은 남자가 기계로 산 하나를 통째로 파
헤쳐 생긴 움푹한 곳에 있다. 움푹 팬 곳은 비가 와 물이 고이는 바
람에 웅덩이로 보였다. 노인은 그 물웅덩이에서 그물망으로 몇천 번
이고 물속을 걸러내며 금덩어리를 찾고 있다.

　뉴칼레도니아에 오기 전 나는 이곳이 니켈 평균 함유량이 높다는
것이나 크롬, 구리와 더불어 금 매장량이 많다는 사실쯤은 알고 있
었다. 한 다큐멘터리에서 광물 회사들이 비자금을 축적하기 위하여
채집한 광물을 구리로 신고하여 수입한 뒤 그 속에 있는 미량의 금
을 모아 파는 것이 인기였다는 사실까지도 친절히 알려주었기 때문

이다. 이어서 다큐멘터리는 보물 사냥꾼의 여러 실패담과, 광물 허가권을 받아 값비싼 광물을 채굴했지만 반출권이 없어 결국 자살한 사람들의 이야기까지 다루었다.

니켈을 캐는 남자는 노인을 이상하게 생각했고 금을 찾는 노인은 남자를 이상하게 생각했다. 서로 다른 원리에 의해 만들어지는 니켈과 금. 발견되는 위치도, 채굴 방법도 다른 이 두 가지의 광물을 한 장소에서 찾고 있는 두 사람. 다이아몬드 드릴로 바위와 암벽을 거침없이 파헤치는 남자는 그 자신감으로 지구 내부까지도 뚫을 기세를 보였다. 반면 노인은 누가 봐도 중금속에 오염된, 산 하나가 통째로 호수가 되어버린 녹색의 물에서 쉬지 않고 채집망을 들어올리고 있다. 드릴링의 파편은 짧은 순간에도 사방으로 터져 번졌고 노인의 채집망 아래로는 끊임없이 금빛 없는 물들이 떨어진다.

뉴칼레도니아 상공을 벗어나는 비행기 창가에서 내려다본 두 사람이었다. 광산 개발로 많은 산등성이가 파헤쳐져 있었는데 그중 한 개의 산등성이에 두 사람이 있었다. 비행기에서 만나 지금도 연락을 하는 한국인 사업가는 이번에도 뉴칼레도니아를 나오면서 그 두 사람을 봤다고 했다.

나도 각각 다른 드릴과 채집망을 가지고 그 언저리에서 머물고 있다는 생각을 했다.

해적섬

PIRATE ISLAND · #필리핀 #팔라완

시간에게 발이 있다면 무인도로 가 제자리에 서 있다는 생각이 들었다. 그런 의미에서 시간은 사람의 발에 붙어 이동하는 것 같았다. 사람의 발이 많은 곳일수록 시간은 더 나이를 먹는다. 서울은 주름이 너무 많고 깊다.

낚싯줄을 내리며

배를 타고 나갑니다. 지나간 배 뒤의 양쪽으로 흰 거품의 길이 생깁
니다. 그 길은 생긴 순서대로 먼 쪽에서부터 바다로 내려앉습니다.
차례차례 한 단계씩 내려앉지만 지나치게 자연스럽게 차례로 무너
져 마치 하나의 길처럼 보입니다. 부드럽게 바다로 스며들어 거품과
바다의 경계를 알 수 없습니다. 그 거품을 보는 게 좋습니다. 세밀하
게 세계가 무너지는 모습을 볼 수 있으니까요. 잠시 잠깐 나타났다
사라지는 세계. 붙잡을 수 없는 것들이 그렇게 표면부터 무너지는
것을 자주 보는 나날입니다.

결국 세상의 침몰을 멈추게 하는 것은 제 역할입니다. 팔라완의
무인도인 해적섬Pirate Island에 들어가다 배를 멈춰 세웠습니다. 도미

노로 넘어가던 거품벽들이 마지막으로 배의 뒷전과 부딪치고 더이상 쓰러지지 않습니다. 아직 잔해가 남은 배의 뒷전으로 낚싯줄을 내리기로 합니다.

추가 엮인 낚싯줄을 내리는 것은 마치 구조대를 투입하는 과정 같습니다. 허리에 단단히 끈을 엮어야 합니다. 풀리지 않도록 꽉 묶은 후 사람들이 올라타고 탈출할 수 있도록 후크도 내려줍니다. 낚싯바늘을 바다에 내리는 것이지요. 사람들이 올라탈 고리를 잘 볼 수 있도록 눈에 띄게 표시도 해줘야 합니다. 어두운 물속에서 반사될 수 있도록 끈도 연결해줍니다. 낚싯바늘과 함께 묶어서 내리면 물에서 반사되는 가짜 미끼라는 겁니다. 헬기에서 줄을 내려 사고현장에 뛰어드는 구조대원처럼 낚싯바늘은 가능한 먼 곳에서부터 작전을 수행하러 갑니다. 왠지 배와 멀리 떨어진 곳일수록 고기가 잘 잡힐 것 같아 있는 힘껏 줄을 던집니다. 천천히 조금씩 가장 아래로, 바닥까지 무사히 내리고서야 안심하고 안내방송을 합니다.

간절히 기다리고 있습니다. 누군가를 이렇게 간절히 기다렸던 때가 또 언제일까요. 생명을 구하는 일입니다. 제가 할 일은 사람들이 모두 탑승해 후크가 묵직해지면 들어올리는 일뿐입니다. 구조용 고리 앞에서 탑승권을 두고 갈팡질팡하는 것이 느껴집니다. 조금 전 먼저 탑승한 분들 중엔 그래도 이곳에 남는 게 더 안전할 것 같다며 내린 이들도 있습니다. 여러 구조대원과 여러 개의 구조고리 중 어

느 것에 몸을 맡겨야 안전할지를 고민하는 모습도 보입니다. 저는 고민중인 그들을 모르고 너무 일찍 구조대를 철수시켰습니다.

낚싯줄을 너무 빨리 들어올린 겁니다. 고기가 잘 잡히지 않아 낚싯줄과 고리를 교체하기로 합니다. 구조 헬기를 바꾼 것입니다. 성능과 크기가 다양한 헬기를 다시 투입합니다. 길고 튼튼한 낚싯대를 내립니다. 하지만 이번엔 줄이 엉켜버렸네요. 급한 마음에 당장 풀릴 것 같은 줄들을 잡아당기니 더 엉키기 시작합니다.

구조대원들 중엔 꼬인 줄을 보고 인생이란 이런 것이지, 라며 도를 튼 사람이 있다고 했습니다. 급히 풀려고 할수록 엉키니 처음부터 차근차근 접근하지 않으면 안 된답니다. 최악의 상황에서도 먼저 구조되기 위해 이기적인 모습을 띠는 이의 최후나 선량한 이들이 먼저 죽는 상황을 너무 많이 봐서 퇴직 후 심신 안정을 위해 절로 들어가는 사람도 많다고 했습니다. 정신과 치료를 받는 이들도 있고요. 가짜에 현혹되어 홀린 듯 끌려나가는 모습도, 잠깐의 방심에 목숨을 잃는 것도 한두 번이 아니어서 병원에 간다고 합니다. 엉뚱하게 구조를 하고서도 경찰에 잡힌 구조대도 있습니다. 이해하기 힘든 부분이지만 통제와 명령을 제대로 내리지 않은 지휘부에 대한 스트레스가 가장 크다고 합니다.

고민을 하다 더 급하다고 판단되는 재난지역으로 갑니다. 고기가 많은 곳입니다. 배의 엔진을 켜고 내달리다 발견한 현장. 저마다 흰 거품을 물고 쓰러지는 곳이었습니다. 아무렴 이곳이 더 급하단 생각이 들었고 혼자 뿌듯해했습니다. 다른 배들의 접근을 불허하고 검증되고 인증된 헬기만 사고지역으로 내보냅니다.

내 손에서 모든 것이 컨트롤된다고 여겼는데 줄은 끊어지고 바늘은 떨어져나갔습니다. 엉킨 줄과 끊긴 바늘은 말이 없습니다. 최선을 다해 구조했는지에 대해 이 자리에서 물어보신다면 말하진 않겠습니다. 물고기는 다 놓쳤지만 아직은 그리 배가 고프지 않거든요. 아직은 내가 세상을 조종할 수 있다고 생각했거든요. 어차피 시간이 지나면 이번 실수를 모두 잊을 겁니다. 뭔가를 낚는 것은 어렵다고 생각했지만 이보다 쉬운 일은 없습니다. 넓은 바다가 보고 있지만 어차피 저를 탓하는 건 잠시일 겁니다.

저도 압니다. 아니, 모르겠어요. 그러니 더이상 묻지 마세요.

코 코 넛 한 모 금

무인도로 들고 온 짐을 풉니다. 정글도, 해먹, 텐트, 카메라, 선글라스, 선크림, 옷과 타월 몇 장, 낚시도구, 못, 루프, 옥수수수프. 아무것도 가져오지 않으려 최소화한다는 것이 그래도 배낭 하나가 꽉 찹니다. 마실 물은 가져오지 않았습니다. 물을 구하는 방법은 얼마든지 있습니다.

　　그러나 현실은 현실입니다. 우리는 드라마와 현실 사이에서 줄타기를 매번 실패하곤 합니다. 민물이 나오는 계곡 따윈 현실의 무인도엔 없었습니다. 땅을 아무리 파도 물은 나오지 않아 떠내려온 페트병에 숯과 자갈, 돌과 풀을 넣어 만든 정수필터가 무색해졌습니다. 비는 내릴 기미가 없고 끓는 물에서 얻은 몇 방울이 전붑니다. 굵은 고

무줄을 타고 한 방울씩 떨어지는 증류수를 먹다 진만 빼는 오후였습니다.

나무 아래에 누워 멍하니 하늘을 보다가 코코넛을 봤습니다. 척척 나무를 올라 갈증을 시원하게 해결하는 모습을 상상합니다. 퇴로 없는 자신감의 마지막 단계입니다. 그리 높지 않은 야자나무엔 누군가 열매를 따기 위해 발을 디딜 홈까지 파놓았습니다. 두세 걸음을 엉금엉금 기어오르다 절반도 가지 못하고 내려왔습니다. 도시에서 태어나고 자란 이에게 나무를 오르는 것은 상상 불가의 영역입니다. 뭐 그리고 그만큼 목이 마르지도 않습니다.

해가 구름을 덮고 낮잠을 자는 동안 증류수 몇 방울을 더 마셨습니다. 물을 짜낼 생각만 하고 가만히 있었던 처연한 오후입니다. 나무 잎사귀에서 증발하는 수분을 모으기 위해 덮어두었던 비닐엔 내일 아침이나 되어야 물이 조금 고여 있을 것입니다. 코코넛은 주렁주렁 매달려 시원한 물이 가득차 있었습니다.

다시 나무에 오릅니다. 아까보다는 더 높은 곳까지 올라왔습니다. 사람이라면 가슴팍까진 올라온 겁니다. 야자나무의 갈비뼈를 붙잡고 더 오르려고 발을 허우적거리다 결국 다시 내려옵니다. 다리는 후들거리고 순간적으로 너무 많은 힘을 준 팔이 저립니다. 괜히 모닥불에 장작을 더 넣어 불을 세게 지펴봅니다. 냄비 뚜껑에 맺힌 몇 방울을 컵에 모아 혀로 목을 축이는데, 울컥.

목마른 남자를 남겨두고 해가 졌습니다. 한 모금 정도면 괜찮을 것 같아 급한 대로 마신 바닷물이 새벽이 되니 속을 비틉니다. 땡볕에 몸속 많은 물을 내어줬다가 바닷물을 넣어주면 이렇게 되나봅니다. 입술은 텁텁해지며 갈라지기 시작합니다. 선크림이 갈라진 틈으로 들어갔는지, 타들어가는 입술의 마지막 유언인지 흰 길이 입술 위로 생겼습니다. 천 킬로미터가 넘는 사막을 두 발로 가면서도 목이 말라 죽을 수도 있다는 생각을 한 적이 없었는데 사람이 무인도에서 죽는 이유는 물 때문이란 확신이 듭니다.

스트레칭을 하고 심기일전하여 다시 나무에 오릅니다. 나무를 비추도록 랜턴을 해변에 꽂아두고 담 넘는 도둑처럼 살그머니 나무에 오릅니다. 이 시간이 올 때까지 했던 것은 두 가지뿐이었습니다. 코코넛을 수확하여 마시는 상상과 수건을 이용해 나무를 오르면 더 좋을 것 같다는 생각. 다리가 후들거리는 지점부터는 수건을 나무에 두르고 양손으로 수건의 양끝을 잡아당기며 오릅니다. 손바닥으로 코코넛을 받치고 열심히 줄기를 돌리니 드디어 모래 위로 물이 가득 찬 코코넛이 떨어집니다.

간절하면 되나봅니다. 목이 말라 죽었다는 사람의 이야기는 들어본 적 없지만 그럴 수도 있다는 생각이 나무에 오르게 한 것은 아닌가 싶습니다. 그리 긍정적이기만 한 사람은 못 되어서 간절하면 모두 이루어진다고 말할 순 없지만 확실히 근처에 다가가긴 하나봅니

다. 그러나 여기까지입니다. 간절함 그다음 단계까진 저도 장담할
수 없습니다.

나무에서 내려오는 것이 더 문제였거든요. 올라가는 것만 생각했
습니다. 내려오는 것은 걱정거리도 아니었는데 하강해야만 하는 사
실이 더 겁이 납니다. 발을 한번 잘못 디디면 속절없이 미끄러져 바
닥에 내동댕이쳐질 것이니 벌써 다리가 오들거립니다. 올라올 땐 감
당할 수 있는 거리마다 홈이 패 있었는데 내려갈 땐 발 디딜 곳도 보
이지 않습니다. 그렇게 10분이 흘렀습니다.

어디에도 갈 곳 없이 나무에 매달려 오르는 것만 생각했던 하루
를, 야자나무의 끝만 보고 달렸던 근육을 잘라냅니다. 속도를 줄이
지 못하고 떼 지어 절벽으로 떨어지는 물소처럼, 더 달려나갈 힘을
생각하지 못하고 딱 골인 지점까지만 바라보고 뛰는 달리기 선수처
럼 저는 뒷모습을 보지 않고 튀어올랐습니다.

늘 그랬습니다. 항상 진짜는 내가 생각한 경계의 끝에 있고 나의
지점 너머에 있었습니다. 터질 듯한 심장을 부여잡고 달리거나 숨을
참고 물속으로 잠수를 할 때에도, 이보다 더 큰 시련은 없다고 했을
때에도 그다음을 생각했다면 덜 힘들었을 텐데요, 충분한 준비를 했
을 텐데요.

북극성 눈치를 보며 떠오르던 작은 별들의 빛까지 마침내 이 섬
에 도달했습니다. 여전히 나무에 매달려 있고 목은 타들어가고 있습

니다. 이젠 더이상 미루면 안 되겠다 싶어 힘을 풀고 미끄러져 내려옵니다. 허벅지와 종아리는 다 쓸렸고 팔뚝은 곳곳이 상처입니다. 한 모금의 코코넛 물을 마시기 위해선 내려올 때 쓸 잔근육과 적당한 간절함, 너머를 보는 눈이 있어야 하나봅니다.

다음날, 한 번 더 나무에 올라 코코넛 열 개를 땄습니다. 어제 설치해둔 표지판 덕분에 다치지 않고 목을 축였습니다. 한 번에 너무 많이 마셔 설사를 합니다. 이렇게 또하나의 이정표를 꽂았습니다.

밤 의 기 도

밤은 아직 탄생하지 않은 얼굴로 시작해 최후의 얼굴로 옵니다.

달과 별이 다스리는 밤이 왔습니다. 하루 동안 반대편을 휩쓸고 내게로 왔습니다. 그들의 지배는 억압 그 자체로 순순히 수긍하는 것밖에 살아갈 방법이 없네요. 빈틈없이 흡수해버립니다. 강한 어둠은 어디에도 있고 어디에도 없습니다. 이 깜깜한 밤에 환히 전등을 켜는 것은 이치에 거스르는 일로 결국 불빛도 시한부 인생이 되어 죽음에 이릅니다. 적당한 내면만 보여주고 그 이상은 다시 천천히 어둠이어서 한 발씩만 천천히 내디딜 수 있을 뿐입니다. 아예 모습을 보여주지 않는 것보다 살짝 보여주다 결국은 무릎 꿇게 만드는

것이 더 무서운 법이라지요. 밤은 결국 낮 동안 피워둔 불을 꺼뜨리고 내게 긴 악몽을 선사했습니다.

긴 밤이 또 오고 있습니다. 밤과 맞서 싸우기 위해 나는 불붙은 장작과 화살촉을 다듬으며 이 시간을 기다렸습니다. 여차하면 정글도로 후려칠 생각입니다. 잘게 조각내 밤의 파편들을 장작으로 쓸 생각입니다. 파편들이 바다에 떨어지지 않고 해변에 쌓이려면 바다로부터 오는 그 밤을 조금 더 기다렸다 역습해야 합니다. 무서워 도망치지 못하도록 스스로 해변에 누워 저를 묶습니다. 하늘을 보고 두 팔만 자유롭게 한 뒤 배수진을 치고 때를 기다립니다. 밤의 조각은 날카로울 수 있으니 긴 옷과 장갑을 준비해뒀습니다.

어둠의 침입에 오늘 드디어 반격을 시작했습니다. 그러나 화살은 근접하지 못하고 내게로 떨어지고 정글도는 휘두를수록 무기력해집니다. 어둠이 선봉군으로 보낸 저녁 어스름의 한켠을 잡아 늘이니 툭툭 끊기지 않고 더 두터워집니다. 문득 엿가락 같은 이 긴 밤을 끊어낸다 해도 결국 세상의 이치에 따라 태풍이나 사이클론 따위의 더 무서운 얼굴로 나타나리란 생각이 듭니다. 아무것도 하지 않고 다가오는 암흑을 기다리는 것이 전진을 가장 늦추는 방법임을 알았습니다. 긴 어둠은 세계를 휘감으며 올라옵니다. 단단하면서도 차근차근 해변에 누운 제 발끝을 타고 올라옵니다. 해변과 제 몸을 묶어둔 밧줄을 풀기엔 이미 늦었습니다.

어둠이 해변에 안착했습니다. 혈관을 타고 위와 식도를 지나 턱 밑까지 훑는 밤. 달빛도 별도 그 무엇도 아름답다 할 수 없이 나는 더 야위어갑니다. 차라리 밤이 계속 자라 끝을 만나면 좋겠습니다. 코코넛잎 위에서 잠시 쉬고 있는 어둠에게 내 두 눈을 바칩니다. 삶의 간격만 경계 짓는 두 눈을 거둬가니 비로소 어둠이 보입니다. 이젠 눈을 감는 일은 없습니다. 눈을 감는 것은 세계를 부정하는 일에 가깝습니다.

그들이 세상을 덮는 소리와 자오선까지 내달릴 발 없는 어둠의 무게가 느껴집니다. 밤은 나와 같은 사람들의 눈을 아직도 밝은 것들에게, 아직 두려움을 모르는 오만한 이에게 선사합니다. 저처럼 두려움에 떠는 사람들이 스스로 바친 눈을 거둬가는 일을 어둠은 오랫동안 반복해왔습니다. 근심과 걱정에 밤을 붙잡고 흔들다 결국 어둠 속에서 답을 찾는 순간이 바로 어둠이 눈을 거둬갈 때입니다. 아직 경험이 없는 당신도 밤과 밤이 쌓이고 겹쳐질 때면 결국 그들에게 눈을 내어주고 싶게 될 겁니다. 옅지만 무거운 밤의 어느 장막에 당신의 눈도 걸쳐져 있을 겁니다. 밧줄은 여전히 단단하게 해변과 나를 고정시키고 있지만 편안하네요.

인간의 기도도 여기서 시작된 것입니다. 눈이 있되 보기를 거부하고 입이 있지만 말하지 않습니다. 불이 있되 어둠을 받아들여 빈손으로 그들을 떠나보내지 않는 것. 낮 동안 봐왔던 시시콜콜한 이야기들과 부당함을 긴 밤에 얹힙니다. 고백하면 다시 공평한 밤으로 찾아올 거라는 믿음. 밤은 눈을 헌납하고 기도하는 이에겐 그래서 늘 짧기만 합니다. 오늘밤도 어둠에서 더 짙은 어둠으로, 짙은 어둠에서 해안 절벽으로 내달릴 것입니다. 짙은 어둠의 시간까지 모았던 기도를 안고 낭떠러지로 추락하는 밤.

수평선 너머엔 그래서 아직 수장된 기도들의 무덤이 있습니다. 모든 별은 이곳에서 피어오르고 달은 그래서 여기서 떠오릅니다. 우리가 밤에게 기대하는 것에 대해 밤은 먼 곳에서 답을 내려뒀습니다. 그것을 우리가 알 리가 없습니다. 수평선 너머 바닷속에서 답을 찾는 것보다 제자리에서 답을 구하는 것이 쉬워 우린 낮 동안 우리만의 해답을 찾고 있는 것인지 모릅니다.

새롭게 눈을 뜨자 저 세상에서 또 오늘의 밤이 오고 있습니다. 나는 어제의 수순을 잊고 밤의 정체를 보기 위해 거울을 준비했습니다. 어둠의 얼굴을 보고 정면으로 부딪쳐 나의 기도에 대한 답을 배달받아야겠습니다. 그리고 또 하루를 잃을 겁니다.

별이 박힌 거울이 깨져 해변에 나뒹굴고 나는 또 내 두 눈의 존재를 확인하는 아침입니다.

죽은 대왕조개가 전하는 말

따끌로브라 불리는 대왕조개가 해변에 있다. 다 큰 대왕조개의 크기에 비한다면 아직 한참 어리다. 조개의 한쪽은 떨어져나갔고 반쪽만이 엎어져 해변에 붙어 있다. 바위틈 비좁은 곳에 끼어서 살았을 대왕조개는 이름만큼이나 큰 야망을 품고 있다가 엎어졌다. 겹겹이 물결 모양의 표면을 가지고 있었을 텐데 뾰족한 부분은 모두 파도에 갈리고 간신히 숨만 쉬듯 웅크리고 있다. 죽은 조개는 조용하다. 입을 벌리고 있는 시간이 더 많았으니 그들은 죽어서 말수가 줄어든 것이 사실이다.

끝이 슬쩍 깨져 있는 것을 이가 나갔다고 하는데, 이 조개도 이가 나가 있다. 시간과 햇살이 이를 다시 자라게 해주리라 믿는 듯 며칠

째 요지부동이다. 밀물과 썰물 때 이리저리 흔들릴 법도 한데 굳건히 그 자리를 지키고 있다. 이쯤 되면 대왕조개의 반쪽이 해변 아래에서 생식하고 있는 것은 아닌가 하는 착각이 든다. 반쪽은 죽은 모습이지만 다른 한쪽은 모래 밑에서 커다랗게 입을 벌리고 있을 거란 착각.

바위틈에서 흔들리지 않았기에, 원할 때 입을 닫는 순간 완벽한 어둠일 수 있었기에, 조개는 조금 더 완만한 죽음을 가질 수 있었겠다. 평소에 쩍 하고 입을 벌릴 힘을 아껴두니 입을 더 꽉 다물 수 있는 것이다. 단단히 입을 닫으면 그 완벽한 어둠 속에서 조용히 숨만 쉬는 것이 죽은 조개의 일과라면 며칠만이라도 그 속에서 쉬다 나오고 싶다. 주변 색과 비슷해 있는 듯 없는 듯 말도 필요 없는 삶. 더 잘 보이고 튀는 것보다 그저 그렇게 옆 사람과 조건 없이 닮아갈 수 있는 것은 내 입장에선 부러운 일이다.

조개의 표면은 꽤 오랜 시간이 지나서인지 하얀 석회색을 띠고 있다. 뾰족한 겉들이 갈리고 결국 흔적으로만 남아 있다. 그런데 신기한 것은 이렇게 완만히 갈릴 정도로 오래된 녀석의 등허리에 아직도 해초들이 붙어 있다는 것이다. 조개가 오래전에 생명을 잃었으니 해초도 생명을 잃은 지 오래일 테지만 떨어지진 않는다. 조개껍데기에 붙어사는 이들은 조개의 상태, 즉 얼마나 오래 살 것인가를 알고 달라붙는다고 하는데 예외도 있나보다. 이렇게 죽어가는 조개에 붙었으니 말이다. 마치 자기가 몇 번이나 누워보고 딱 맞는 관을 짜맞

132

추는 이야기처럼 이끼 같은 해초는 조개의 굴곡 사이 자리잡고 있었다. 조개 역시도 자란 크기만큼 죽음으로 남아 꼭 스스로 관의 크기를 짜면서 자라는 모양이니 죽기 위해 사는 것들이다.

은혜를 갚기 위해 몇천 킬로미터 떨어진 곳에서도 펭귄이 헤엄쳐 오고, 돌고래가 따라오고, 강아지가 돌아오고, 호랑이가 사냥감을 물어다 놓아준다니 생전에 조개가 해초들에게 무슨 은혜를 베풀긴 했나보다. 외롭지 않게 붙어 있는 친구가 옆에 있어 그들은 내가 시선을 돌리면 늘 이야기중이다. 물속에서의 파릇한 시간을 떠올리는 것일지도 모르고 이윽고 물 아래에서 떠오르는 순간의 가벼움이 주제일지도 모른다. 서로의 귀에 대고 이야기하니 나는 그 내용을 유추하는 것이 전부다.

나는 다가가면 어느 순간 더 멀어지던 까닭에 쉽게 누군가에게 마음을 열고 모든 것을 말하지 못한다. 반대로 더 가까워질수록 내가 멀어지려 하는 것일 수도 있지만. 낯선 사람과 여럿이 있는 것이 어색해 점차 말주변이 없어지는 것도 이유겠다. 무엇보다 이 둘처럼 죽을 각오로 누군가를 좋아하고 죽을 각오로 내 삶을 살지 않아서다. 이제야 입을 꾹 다물고 나만의 시간을 가지니 여기에 조금은 더 가까워질 수 있을까. 한번 손을 물리면 팔을 잘라야 한다는 대왕조개처럼 그 누구에게도 공평하고 냉랭하게 나의 어둠과 나의 삶으로 단단해질 수 있을까.

다 자라면 1.5미터가 족히 넘는 대왕조개는 조개에서 사람이 나오는 인어공주 이야기의 모티브였다고 한다. 보티첼리의 그림 〈비너스의 탄생〉에서 비너스가 거품과 함께 탄생한 곳도 대왕조개라는 말이 있다. 사람 한 명이 웅크리면 들어갈 수 있는 크기까지 자라는 것이다. 그 속에 들어가 대왕조개가 입을 닫는다면 다른 세계로 통하는 문이 있을 것만 같다. 혹은 입 다문 그 거대한 조개 속에서 새로운 생명이 탄생하고 죽어가는 것은 아닐는지. 해변에 엎어져 누워 있는 어린 대왕조개도 바닷속에서 인어공주와 비너스를 품는 꿈을 꾸었을까.

바다는 그래도 이미 죽은 대왕조개를 완전히 버리지 않았다. 이렇게 하면 살 수 있을 거라는 듯 파도가 지속적으로 죽은 조개에게 물을 적셔준다. 단단하게 입을 닫고 지켰던 것들이 무엇인지는 대왕조개에게 직접 이야기를 들은 파도와 해초만이 안다. 그리고 그 다문 입안에서 어떤 일들이 벌어지는지도 그들만 알고 있을 뿐이다. 고작 한 시간을 옆에 앉아 있던 내게 들려줄 정도로 대왕조개의 입은 결코 가볍지 않았다.

어 떤 면 접 자 리

136 어떤 면접자리에 갔습니다. 면접을 본 경험이 많지 않았으므로 잔뜩
긴장을 하고 앉았습니다. 약간의 가식과 꾸밈, 제출한 반명함판 사
진처럼 목에 잠긴 넥타이가 영 어색합니다.

　살면서 가장 기뻤던 순간이 언제였냐는 물음에 나를 포함한 세
사람은 인생의 명장면들을 파노라마로 엮어 훑고 옵니다.

　가장 오른쪽의 사람이 먼저 파노라마의 한 장면을 열었습니다.
　"오랫동안 준비한 프로젝트가 실제로 성공적으로 이루어졌을 때
입니다. 로봇과 인공지능으로 리모트컨트롤……"

심사위원도, 가운데 사람도, 저도 고개를 끄덕였습니다.

중앙의 친구도 이야기를 꺼냈습니다.
"매주 여덟 시간씩 봉사활동을 하고 있습니다. 봉사를 할 때가 가장 가치 있고 행복한 순간이라 생각합니다. ○○구 복지센터에서 천 시간 이상……"

심사위원도, 먼저 말을 끝낸 남자도, 저도 고개를 끄덕였습니다.

제 차례군요. 쭈뼛쭈뼛 말문을 열었습니다.
"쓰던 글이 잘 마무리되었을 때입니다."

심사위원과 옆의 두 남자가 고개를 끄덕였습니다.
순간, 직감적으로 사실이 아닌 것 같아 다시 급히 말문을 열었습니다.
"아니, 혼자 무인도에 살면서 처음으로 불을 피웠을 때입니다. 나무를 비벼 일곱 시간 만에 불을 붙이곤 팔이 너무 떨려 수저도 들지 못했습니다."

심사위원과 옆의 두 남자가 콧바람을 내며 미소를 비추다 이내 소리내며 웃었습니다.

그 바로 전 질문은 이랬습니다.

"서류를 보니 탐험문학이라는 새로운 장르의 문학을 만들어보고 싶다고 했는데, 어머니가 피치 못할 병으로 간호를 받아야 하는 상황입니다. 지금까지 해왔고 앞으로 해나가려는 탐험문학을 멈추겠습니까, 그래도 계속 하겠습니까?"

아마 이 질문에 대한 답을 아래와 같이 했기에 불 피운 이야기를 할 수 있었나봅니다. 면접을 보는 이곳에서 원치 않는 답을 해서 이미 눈 밖에 났다는 생각이 들었거든요. 이미 이렇게 대답한 거 그냥 솔직히 말해버리자란 생각이 들었거든요.

"제쳐두고 고향으로 갈 것 같습니다. 사람과 사람과의 관계가 문학인데 부모와 자식은 그 관계의 시초이지 않을까요. 하던 것을 멈추고 내려가 있을 것 같습니다. 다시 안 해도 좋을 것 같습니다."

짧은 순간에 답한 대답들이었지만 후회하지 않았고 지금도 마찬가지입니다. 하던 것을 포기한다고 너무 쉽게 말했고, 동시에 불을 피우는 것처럼 너무 어려운 일은 포기하지 않았습니다. 삶의 가치와 간절함이 제 답변의 기준이었던 것 같습니다. 누군가 대신 해줄 수 없는 일, 내가 아니면 안 되는 일, 결국 해야만 하는 것들에 대한 답을 알면 때론 쉽게 놓기도, 오래 붙잡고 있기도 하나봅니다.

운이 좋았습니다. 미처 생각지 못한 부분에 대해 이번 기회에 생각해볼 수 있었으니까요. 아직은 어머니가 건강하시다는 사실과 나무와 나무를 비벼 작은 불씨를 애지중지했던 시간들을 노트에 붙여둡니다. 면접장에서 이토록 시원하고 가볍게 볼일을 보고 물까지 내리고 나온 사람이 얼마나 될까요.

결과는 어떻게 되었냐고요? 긴 자기소개서를 읽고 까다로운 질문을 준비해주신 면접관분들께 감사할 따름입니다.

140

외 롭 지 않 으 려 하 는 일

　이 무인도에서 세끼를 꼬박꼬박 챙겨먹는 것은 외로움을 덜어내는 가장 비중 있는 일이다. 외로운 만큼 꼭 뭔가로 속을 달랬다. 무인도에 있는 3주의 시간은 결국 세상에 혼자란 생각을 하게 했고 무언가 먹는 나를 보면서 스스로 존재를 확인하는 일의 연속이었다. 스무날이 넘는 시간을 무인도에 혼자 있다보면 무슨 일이라도 좋으니 규칙적으로 할 것이 있으면 좋겠다는 생각이 자연스레 들게 된다.

　다른 무엇보다 먹는 것은 매일 일정한 패턴이 있는 것이었고 여기엔 준비하고 뒤처리를 하는 과정까지 포함되어 있어 혼자라는 생각을 잠시 잊게 한다. 때문에 불을 피우거나 장작을 모으는 일, 먹을 것을 잡는 것과 음식이 익기를 기다리는 것 등이 내가 살아가고 있

다는 증거인 셈이다. 오늘도 다정한 아침을 모아 만조의 저녁까지 나는 스스로를 위한 식단을 차린다. 아무것도 없는 곳에서 매번 세 끼를 챙긴다는 것은 불가능한 일에 가깝지만 부지런히 몸을 놀려본다. 비상식량으로 가져온 수프는 버티다 버티다 먹기로 했으므로 보이지 않게 아예 가방에 넣어두고 주섬주섬 첫 끼를 준비한다.

첫 주의 식단은 조촐하기 그지없었다. 아무것도 잡지 못해 배를 곯여야 했던 시간들은 나의 무기력함을 제대로 증명해주었다. 바위에 붙어 있는 고동과 나무에 대롱거리는 잭푸르트란 과일을 먹는다. 잭푸르트도 섬의 야생 원숭이가 파먹어 반대쪽의 멀끔한 부분만 조금 먹을 수 있을 뿐이다.

대개 첫 주의 점심은 물에 들어가서 조개와 뿔소라, 원뿔 모양의 조개를 주워와 삶는 것이었다. 바위틈으로 갑오징어가 보였고 작살로 위에서 내리찍었지만 단단한 껍질 때문에 관통하지 못했다. 새벽이면 스멀스멀 해변의 구멍에서 튀어나오는 게를 잡아 볶는 것이 저녁이자 야식이다. 모닥불로 달구어진 솥 안으로 게를 넣고 돌 위의 소금을 긁어모아 간을 맞추는 것이 레시피의 전부. 손바닥만한 물고기들이 자유롭게 물위를 뛰어다니고 날아다녀도 그저 바라볼 수밖에 없었다. 첫 주에 한 가장 큰 일은 어디에 고기가 많은지, 몇시부터 몇시까지가 물이 차는지와 물고기들이 많은 때는 언제인지를 살펴보는 일뿐이었다.

144

둘째 주부터는 물고기를 잡기 시작한다. 이른 아침 바위에서 줄을 내려 낚시를 하면 이따금씩 큰 고기들이 잡혔다. 미끼는 뿔소라의 속살. 왼편의 산호 군락지에는 밤이면 사이사이로 잠을 청하는 고기들이 많이 보였다. 섬에 오기 전 수산시장에서 봤던 종류의 물고기들이 나와 눈을 몇 번 마주쳤으면서도 대수롭지 않게 제자리를 고수한다. 다행히 이 시간에는 작살을 몇 번 빗맞혀도 고기들이 멀리 도망가지 않는다. 물고기의 정면보다는 위에서, 위에서보다는 옆에서 작살을 쏴야 성공 확률이 높다는 것을 체득하는 시간. 손질한 나뭇가지에 잡은 생선을 끼우고 모닥불 옆 모래에 꽂아 고정시킨다. 구워도 보고 쪄보기도 하고 회로도 먹어본다. 마야마야라 불리는 다금바리 류의 물고기나 앵무새 무늬의 생선은 회로, 쥐치와 같은 생선이나 가시복은 구워먹는 식이다.

145

셋째 주는 그야말로 풍년이다. 3주면 그리 짧은 시간이 아닌 만큼 어느 정도 섬의 생태를 파악하고 먹을 것을 잘 잡으며 보관까지 할 수 있게 된다. 물론 바위 색과 똑같은 전복을 척척 건져올릴 경지까지는 아니지만 새벽녘 물이 가장 많이 찼을 때 랍스터가 해변 바위틈까지 올라온다는 것쯤은 안다. 랜턴을 비추면 주홍색의 형광눈이 바위틈에 박혀 있다. 해변 위까지 물이 차니 물에 굳이 들어가지 않아도 물고기를 잡을 수 있다. 물에 들어가면 이제는 맛있었던 물고기들만 잡는다. 회를 뜨고 내장을 빼는 건 능숙해졌고 밤에 잡은 물고기를 초벌구이를 해두어 다음날 먹는 것도 가능하다. 조개나 소라를 삶아두는 여유도, 구울 때 어느 정도의 화력을 주어야 적당히 익는지도 체득했다.

외롭지 않게 누군가를 떠올렸다가, 그 감정을 덜기 위해 몸을 부단히 움직였다가 마지막은 먹는 것으로 혼자를 달랬다. 내가 그래도 살아 있음을 느끼게 하는 것은 먹는 일이었다. 하지만 지금 생각해 보면 결코 만족은 할 수 없었던 것 같다. 외로운 감정에 대한 만족은 '외롭지 않다'인데 결코 그런 순간은 오지 않았다. 추운 겨울밤 차가운 방문을 열고 혼자 불을 켤 때처럼 먹고 나면 파도처럼 밀려오는 것이 외로움이어서 결국 인간은 외로운 존재라는 이상한 결론으로 눈을 감곤 했다. 그래서 정말 평생을 이곳에 살아야 한다면 나는 무언가를 계속 먹기 위해 움직이다 지쳐 쓰러졌을 것 같다.

무인도에서 산다는 것은 곧 무엇인가를 계속해야 한다는 것이다. 살펴보면 해야 하는 것의 절반 이상이 먹는 일이고 한끼를 먹기 위해선 때론 그 이상의 노동을 필요로 한다. 때문에 이럴 거면 차라리 먹지 않는 게 낫다는 생각도 간혹 들지만 그리 오래가지 않고 다시 무기력해지기 마련이다. 무언가 해야 불안하지 않고 존재의 이유를 느끼는 것이 천성인지 아니면 학습된 것인지 모르겠으나 모쪼록 지금도 부지런히 손을 놀리고 있다.

외로움은 먹는 것을 넘어 생존과 직결되어 결국 사람들은 외롭기 때문에 살아가고 있는 것은 아닌가란 생각을 했다. 그리고 나는 또 냉장고보다 더 크고 싱싱한 바닷속으로 들어갈 준비를 한다.

혼자여도 괜찮은 시간은 너무 빨리 지나가버렸다. 잠시 후 물에 들어갔다 나오면 한껏 더 외로울 새벽 3시부터의 어둠과 아침 8시까지의 햇살까지 무엇을 할지 고민하면 될 일이다.

내 집 마련

단층 주택인 텐트하우스의 마당엔 많은 생명들이 세도 내지 않고 살고 있습니다. 섬에 사는 나비가 쉬었다 가기도 하고 어떻게 용하게 다시 찾아오는지는 모르겠지만 낚싯배와 함께 바다를 떠다니다 돌아오는 파리도 두어 마리 있고요. 모래 속에 있다가 새벽이면 소리 없이 침입, 내 발가락을 집게로 물고 도망가는 게들도 있습니다. 해가 쨍쨍하면 나무에서 울지만 울음소리만은 제 마당에 머물다 가는 매미가 있고 바닥에 떡 눌어붙어 도통 나갈 생각을 하지 않는 더위도 끈적하게 살고 있지요. 때때로 그림자인 척 텐트 안 깊숙한 곳까지 햇빛이 파고듭니다. 경고를 받고도 천천히 빠져나가는 그들의 뻔뻔함에 속이 타기도 하고 바닥부터 자라는 싹들은 텐트 밑에서도 날마다 자라는지 허리를 쿡쿡 찌르기도 합니다.

이들의 무단점거를 더이상 용납할 수 없어 2주나 벼러왔던 공사를 시작했습니다. 빗자루를 들어 마당을 쓸고 평평하게 한 뒤 물을 뿌려 단단하게 다졌습니다. 몇몇 끈질기게 뿌리내린 것까지 뽑으며 그동안 제대로 누리지 못했던 집주인의 권리를 제대로 행사하려는데 순간 '내가 너무 극악무도한가' 하는 생각이 듭니다.

생각해보면 다들 나와 같이 외딴곳에서 고군분투하는 이들입니다. 텐트를 걷고 2층집을 만들기로 했습니다. 마당과 1층을 침입자들과 공유하겠다고 선언을 한 것인데 이렇게 공사가 길어질 것이란 상상은 또 못했습니다. 먼저 땅의 기운을 느끼고 빛이 들어오는 각도와 바람의 방향을 따지며 밀물일 때 파도가 어디까지 올라오는지를 살펴야 합니다. 집을 짓는 것보다 정작 숲에서 나무를 해오는 데 더 오랜 시간이 걸려 사흘이 훌쩍 지나버렸습니다. 틈틈이 사냥을 가고 외로움을 달래며 배를 채우고, 불을 지필 장작을 해오면 어떻게 또 하루가 금방 가는 곳입니다. 이뿐인가요, 수평선의 노을을 가슴에 담고 별똥별이라도 떨어지면 그 궤적을 따라가봐야 하기도 하고요.

곧고 긴 나무를 골라 정글도로 내리쳐 대여섯 개가 모이면 해변까지 나릅니다. 기둥과 1층을 끈으로 엮고 2층을 만든 뒤 지붕을 올리는 데 필요한 나무가 마흔 개 정도, 지붕과 바닥에 깔 바나나잎, 벽

151

의 역할을 해줄 코코넛잎도 옮깁니다. 나무와 잎이 자란 시간에 비하면 그들의 삶을 끊는 것은 너무나도 순간적이어서 어떤 원시부족은 일부러 칼날을 날카롭게 하지 않는다는 이야기도 생각납니다. 사실 이곳에서 집을 짓는 데 어려운 것은 재료를 구하는 일이지 나무를 엮고 잎을 올려 고정시키는 것은 금방 할 수 있는 일들입니다.

집이 이렇게 뚝딱 만들어진다 한들 서울이란 섬에서는 어림없는 일입니다. 누군가 지하 창고라도 내어주면 잠시 앉았다 갈 텐데요. 새벽이면 떠나는 밤이슬처럼 눈만 붙이고 떠날 수 있을 텐데요. 그믐달처럼 한 달에 한 번씩만 찾아와 쉬었다 가도 마음은 풍요로울 텐데, 그러고 보면 서울이야말로 발 디딜 틈이 없는 섬입니다. 스무 살부터 8년을 살았던 서울은 혼자이진 않지만 늘 바다 한가운데 있는 섬에 가까웠습니다. 생각보다 긴 시간을 팔라완 무인도에서 잘 적응할 수 있었던 것은 서울에서의 충분한 연습 덕분이었는지도 모르겠습니다.

저와 같은 나이에 서울 생활을 시작한 친구와 셰어하우스라는 주거공동체를 작게 만들었던 것도 이런 이유 때문인데, 함께 살게 된 친구들은 매일 밤 혼자인 채로 둥둥 떠서 방으로 들어오곤 했습니다. 그리고 한 달에 한 번 다 같이 청소를 하고 소주를 마시는 날엔 서울 하늘 아래 이 많은 집들 중에 왜 우리의 집은 없냐는 의문으로 시작해 그래도 몸 누일 방 하나쯤 있는 게 다행이라는 말로 마무리하곤 했습니다.

둥근 나무를 깔아 울퉁불퉁한 1층 바닥에 잎을 깔고 지붕을 얹었습니다. 바다가 보이도록 창을 내고 모래에 박은 기둥에 물을 뿌려 땅을 몇 번 더 다졌습니다. 바람이 잘 통하게 벽면의 잎을 바람 길로 엮어주고 빛이 잘 들어오면서 비는 새지 않도록 결도 내주었습니다. 지하엔 게들이 세 들어 살고 1층엔 그늘과 귀뚜라미가, 2층과 지붕엔 각각 저와 햇빛 받은 나비들이 살고 있습니다. 파도가 치면 사르르르 잎 사이로 바람이 부는 소리가 좋고 비가 오면 지붕의 잎을 따라 양쪽 바닥으로 떨어지는 물소리가 좋은 이곳에서도 다시 서울에 돌아갈 생각을 하는 저는 결국 집 밖을 나서지 못합니다. 처음 느끼는 나만의 공간을 조금이라도 더 느껴야 했거든요. 생각보다 집을 짓는 것은 오래 걸려서 벌써 내일이면 섬을 나가야 할 시간입니다. 아직 알전구를 달고 액자를 거는 인테리어도 하지 못했는데 말이죠. 대신 비가 그친 마지막날 밤은 지붕을 걷어내고 별이 되는 꿈을 꾸기로 했습니다.

지나고 보니 제가 지었던 집은 정문과 뒷문 그리고 창문으로도 석양이 지는 것은 볼 수 없는 곳이었습니다. 너무 급하게 지었나봅니다. 맺혀 있는 것만 보아도 기쁠 파인애플과 사과를 심을 생각도 못했고요. 다음에 이 집에 다시 온다면 머리를 숲속 방향으로 하고 잘 생각입니다. 조난 당한 사람이든 원숭이든 숲에서 내려오면 덮어줄 담요 하나도 가지고 가야겠습니다. 나무를 쌓아둔 창고 열쇠도 누구나 필요하면 꺼내갈 수 있도록 현관에 걸어두고 현관의 발은 선

물 받은 조개껍데기로 만들 예정입니다. 다음번엔 작더라도 죽은 나무만을 모아 짓겠다면 무리일까요.

다시 돌아가 서울의 아파트 단지를 본다면 이곳이 더 그리워질 겁니다. 새로 집을 구한다 한들 이곳에 남겨둔 집을 상상하겠지요. 셰어하우스에 함께 사는 친구들과 그래도 이번 달은 다른 결말로 이야기를 마칠 수 있을 것 같고, 문을 열어 저를 살게 해준 단칸방에 대해 생각해볼 수 있겠습니다. 스물여덟에 처음 가진 내 집에 대해 앞으로 몇십 년은 그리워할 테고요.

원하는 꿈을 꿀 수 있는 저는 저녁마다 습기를 제거하고 환기를 시킬 겁니다. 오늘밤엔 파도에 실어 보냈던 책 몇 권과 와인이 담긴 박스가 잘 왔는지 확인하러 가겠습니다.

배 터 리

하루에도 몇 번이나 충전기를 꽂아대던 시간과 멀어진 이곳이 좋습 157
니다. 전파도 기지국을 찾아 헤매다 포기하는 곳. 꼭 하루의 시간이
늘어난 것 같고 그만큼 내 시간도 더디게 가는 것 같아 좋습니다. 연
락처에 있는 사람들을 한 명씩 떠올리고도 남는 시간이니까요.

죽기까지 99퍼센트 남았는데요, 배터리가 줄어들수록 약간의 죄
책감을 느낍니다. 조금씩 줄어드는 것이 숫자로 표기되니 나도 같이
생기를 잃는 것 같았고 잔량이 2프로에서 1프로가 되면 나도 숨이
턱 막히곤 합니다. 숨을 이어가는 모습을 마지막까지 지켜보는 것
같으니까요. 마치 중환자실에 심장박동수와 함께 남은 삶이 퍼센트

로 표시되는 느낌이랄까요. 휴대폰을 오래 쓰다보니 이젠 꺼지기 직전 버티는 시간이 늘 다릅니다. 5프로에서 꺼지기도 하더니 심지어 요즘엔 20프로가 넘은 상태에서도 꺼지곤 합니다.

언제 숨을 거둘지 모르는 중환자인 셈이지요. 링거를 맞듯 보조 배터리에 충전선을 연결해둔 모습을 보며 늘 '내가 중증환자를 돌보고 있구나'라고 생각했습니다. 물론 휴대폰도 저를 환자라고 생각할지 모르겠지만요. 그래서 무인도에 오면 일부러라도 휴대폰을 꺼내지 않으려 했습니다. 그리고 지금까지는 무관심하게 잘 내버려뒀습니다.

하지만 이번엔 두려웠나봅니다. 배터리가 사라져 휴대폰이 꺼진다는 것 자체가 두려웠습니다. 바람이 거세고 먹구름이 몰려오니 배는 제날짜에 잘 들어올까로 시작된 걱정이 안테나도 잡히지 않는 휴대폰을 자꾸 만지작거리게 했습니다. 섬의 높은 곳과 해안으로 가장 툭 튀어나온 바위를 다니며 안테나에 불이 들어오는 곳을 찾아 헤맸습니다. 『네루다의 우편배달부』에서 마리오 히메네스가 녹음기를 들고 다니며 필사적으로 세상의 소리들을 녹음하려 했던 것처럼 제게는 이 일이 가장 절박했습니다. 정해진 날에 안 들어와도 좋으니 무리해서 오지 말라는 말조차 할 수 없는 상황이 답답한 노릇이었습니다. 섬에 들어오기 전 배를 모는 친구에게 장난삼아 꼭 제날짜에 데리러 와야 한다고 이야기했던 것이 자꾸 걸렸습니다.

꺼지는 순간 내가 아무것도 아닌 사람이 되어버리는 것, 스스로를 눈먼 사람으로 취급하는 것. 어느 순간 죽는 것이 두려워지는 것처럼, 누군가의 죽음을 눈앞에서 봤을 때 나란 존재가 보잘것없다고 느껴질 때처럼, 문득 내게 고립은 파도만큼 높고 크게 다가오고 있었습니다. 무인도에 며칠 더 있다고 큰일이 생기는 것도 아닌데 섬을 나갈 때쯤 이렇게 날씨가 흐려지니 새삼 더 혼자라는 느낌은 어쩔 수가 없습니다.

팔라완의 무인도에 들어와 있는 동안 꼭 연락을 해야만 하는 몇 가지 일들이 맞물려 있었긴 했습니다. 사하라 사막을 달릴 때 길 잃은 나를 찾아준 호주 친구가 시드니에서 팔라완으로 온다고 했고, 이번주 중으로 강의를 요청하고 싶다는 전화도 두 군데 있었습니다. 보험회사에 보냈던 진단서에 병명이 비어 있어 다시 연락이 올 거라 했고, 이사하기 전의 집으로 택배를 주문하여 주소가 바뀌었다는 내용으로 택배 기사님과 전화도 두 번 정도 해야 했습니다. 연락이 되지 않는 곳으로 간다고 모두에게 연락을 드리고 오긴 했지만 휴대폰을 켜는 순간 이마저도 궁금해집니다.

섬 여기저기를 두 시간 가량 헤매고 다니니 배터리가 33프로로 줄어 있더군요. 휴대폰을 켜뒀다고 무인도를 온전하게 느끼지 못한 건 아니지만 뭔가 찝찝한 느낌이 드는 건 쫓기는 기분 때문인가봅니다. 20프로가 넘게 있어도 언제든 꺼질 준비를 하는 휴대폰이었으므로 배터리가 줄어들 때마다 압박감이 들었습니다. 그런 압박으로부터의 해방감 때문에 무인도가 좋았으면서 배터리의 67프로를 아무것도 하지 못하고 소진시키는 것이 또 아쉽기만 합니다. 평소 같았으면 이쯤에서 심폐소생술을 하듯 보조배터리를 연결해 본래의 호흡을 유지하게 했을 텐데 이마저도 무의미하기만 합니다.

원래 저는 유독 숫자에 무감각한 편입니다. 여윳돈이 있으면 바로 써버린다거나 더치페이로 음식값을 낼 때도 딱딱 나누지 못합니다. 누군가 확률이 어느 정도 되냐고 물으면 몇 퍼센트라 답하기보다 '어떻게 하느냐에 따라 다르겠지'란 기대 이하의 답을 내놓곤 합니다. 운전을 한다면 계기판에 몇 킬로미터를 더 달릴 수 있는지 계산된 숫자보다 연료 게이지를 보고, 무수한 통계의 오류를 알면서도 또 의심 없이 신문 기사를 믿어버립니다. 서점에서 읽고 싶은 책을 정신없이 고르고 나서야 잔고를 확인한 적도 한두 번이 아니고요. 하지만 늘 휴대폰 배터리만큼은 촉각을 곤두세워 철저했습니다. 그래서 무인도에서만큼은 휴대폰 배터리에게도 무감각하게 지내려 노력했고 다행히 지금까지 잘 버려둔 것인데 오늘 다시 집착을 하고 있습니다.

67프로의 배터리가 증발하는 동안 파도는 점점 거세져 섬을 성벽처럼 둘러쌌습니다. 쏴 하고 내리는 비는 섬을 진공상태로 만들어 아무런 소리도 들리지 않게 합니다. 하긴 이런 상황에 전화벨 소리나 문자의 진동 소리는 어울리지 않습니다. 전파가 잡히고 인터넷이 된다면 어디에서든 연락하고 일도 할 수 있으므로 무인도의 기준은 전파가 잡히지 않는 곳이어야 하는지에 대해 생각을 할 즈음 또 배터리가 1프로 줄었습니다. 배터리가 줄어들 때마다 저는 혼자 더 먼 곳으로 떠내려가고 있다는 느낌이 들어 31프로가 되기 전에 허겁지겁 전원을 꺼버렸습니다.

이내 파도가 잔잔해지고 비가 그쳐 배를 타고 섬에서 나왔습니다. 항구가 보이는 순간부터 전원을 켠다면 전파가 잡힐 테지만 미뤄두기로 합니다. 하염없이 울릴 진동 대신 한 번뿐인 마지막 파도를 느끼기로 합니다.

161

가왕도

좋아하지만 평생을 마주보고 살아야 하는 두 섬이 있다.
좋아하는 감정에 중독돼 어느 하나 곁을 떠나지 않았다.
"지금 좋아하는 사람의 얼굴이 전생의 내 모습이래.
아니, 내가 이렇게 아름다웠나?"

가왕도와 가왕도를 마주한 섬은 상당히 닮았다.

배 낭 을   싸 면 서

무얼 넣을까 하다가 일단 양초 몇 개와 햇반과 짜파게티 하나를 챙167
겼습니다. 큰 배낭은 많이 넣지도 않았는데 금세 차올랐습니다. 저
녁이면 제법 쌀쌀한 바람이 부는 계절, 통영행 버스에 올랐고 저는
가왕도라는 무인도에 갈 예정이었습니다. '남해의 봄날'이라는 작은
책방에 들러 시집 두어 권을 사고, 다시 거제로 갔습니다. 행정구역
상 통영시에 속하지만 정작 거제와 더 가깝다는 말을 들었기에. 거
제에선 1.5킬로미터 떨어져 있지만 통영에선 자그마치 21킬로미터
나 떨어져 있습니다. 주소만 보고 통영행 버스를 탄 저의 잘못이었
겠지요. 태평양 한가운데 있는 괌이 뜬금없이 미국령이라는 사실처
럼, 중국 전역이 같은 시간대를 쓰는 것처럼, 세상은 참 이해할 수

없는 일들로 가득하다는 생각을 했습니다. 분명 저처럼 주소만 보고 찾아온 사람이 여럿 있었을 겁니다.

섬까진 낚싯배를 타고 가야 했습니다. 새벽 3시에 낚싯배가 나간다고 합니다. 항구 바로 앞 이진우 시인의 집에서 그 시간이 다가오길 기다렸습니다. 이곳 사람들은 가왕도가 흥미로운 곳이라 했습니다. 섬이 가오리를 닮아 가왕도라 이름 붙여진 섬. 그래서 이곳 사람들은 가오리섬이라 부르는데 이전엔 사람이 사는 섬이었다고 합니다. 그때 우체국은 있었을까요. 무인도에 책도 한 박스 들고 가고 싶고, 밤새 책을 읽게 불을 밝혀줄 발전기도 하나 들고 가고 싶었습니다. 푹 자려고 베개도 들고 가고 싶었고, 기왕이면 에어매트도 하나. 이 모든 것들을 택배로 붙여두면 어떨까 하는 생각을 했습니다.

무인도, 섬, 택배 등으로 검색을 해보아도 역시나 무리더군요. 영화 〈캐스트 어웨이〉에서 한 택배회사 직원이 무인도에서 생존하는 이야기가 나올 뿐이었습니다. 지구 반대편까지도 척척 배송되는 시대이니 너무 멀어서 불가능하단 것도 말이 안 되고, 사람이 없어서 배달이 안 되는 것도 이상한 일입니다. 아무도 없는 집에도 잘만 오는 택배인데 말입니다.

다음에 소설이나 시나리오를 쓴다면 무인도에서 꼬박꼬박 택배를 받는 인물에 대해 써볼까 합니다. 영문도 모른 채 무인도에 왔다가 죽을 만하면 택배가 오는 내용으로요. 굶어서 죽을 것 같으면 경

169

비행기가 지나가면서 음식이 든 박스를 낙하산으로 내려보내고, 다치면 그 병을 치유하는 약이 들어 있는 겁니다. 심심해하면 하루키나 김연수 작가의 책들을 한 권씩, 무기력하게 좌절하고만 있다면 양초를, 불안해한다면 클래식 음악이 들어 있는 MP3를 떨어뜨려줄 예정입니다. 나중엔 맥가이버 칼도 하나 떨어뜨려주고, 총도 배달해줄 겁니다. 많이 가질수록 주인공은 더 불안해질 테고 오히려 아무것도 없던 때가 생각이 나지 않을까 싶은 작가의 마음입니다. 돈으로 사람을 고립시키고, 무엇이든 어디든 물건을 보낼 수 있는 세상을 극으로 써보고 싶었거든요.

가왕도에 예전에 사람이 살 때는 물건을 지나가는 배에 실어서 모쪼록 섬으로 보내줬다고 합니다. 섬에 도착해서도 받는 사람이 직접 가지러 가야 비로소 물건을 받는 시스템이었답니다. 그런 섬이 아직 있다면 그곳에서 편지를 받아보고 싶다는 생각이 듭니다. 편지를 보내면 일주일 뒤에 받을지, 한 달 뒤에 받을지 모르는 곳. 태풍이 오고, 그 길로 가는 배가 없다면, 섬에 편지가 왔어도 내가 깜빡 잊고 가지러 가지 않는다면 그 편지는 오래도록 날 기다리고만 있는 곳 말입니다.

만 남

새벽에 내가 이 섬에 도착했을 땐 파도 소리가 크게 들렸다. 앞이 보이지 않는 캄캄함에 귀가 더 예민해졌나보다. 이 섬의 등대엔 불이 켜져 있었다. 누가 저 등대에 매일 불을 켜고 끄는진 모르겠지만 등대의 불빛이 바다를 향하고 있어 정작 등대가 있는 섬은 어두웠다.

랜턴 빛에 의지하여 저구항에서부터 데려온 새끼 강아지와 함께 섬의 언덕길을 오르기 시작했다. 얼마를 올라가니 텐트 하나를 칠 수 있을 정도의 평평한 공간이 나왔다. 텐트를 친 후 해가 뜨면 섬 구석구석을 다녀봐야겠단 생각을 하며 바로 잠이 들었다. 강아지가 밤새 잠들지 못하고 앓는 소리를 냈지만.

여행 가이드는 교육을 받을 때 처음엔 다닌 곳의 지도를 그려야 하는 과제를 받는다고 한다. 어디에 무엇이 있고, 어디를 어떻게 가야 하는지 훤히 꿰고 있어야 하기 때문이다. 섬에 사는 것도 마찬가지로 나만의 지도가 있어야 했다. 어디에 뭐가 있는지, 어떤 곳들이 있는지 알아야 생존할 가능성이 높아지기 때문이다. (물론 이곳에서 '생존'이랄 것까진 없지만.)

다음날, 섬의 지도를 그리기 위해 텐트 밖으로 나가는데 한 낡은 건물이 옆에 있었다. 건물은 공포영화에서나 나올 법한 위치와 구도로 나를 바라보고 있었다. 흐린 날이면 기다렸다는 듯 안갯속으로 사라져 다시 못 볼 것 같은 느낌의 오싹함. 우거진 풀들로 둘러싸여 있고 천장은 무너져내리기 직전이었으며 창문은 깨지고 부서져 있었다. 깨진 문틈으로 바람이 들어가는데 넋 놓고 있는 나도 빨려들어갈 것 같은 느낌이었다.

문득 어제 강아지가 낑낑대던 것이 생각났다. 학교로 추정되는 그곳의 목재바닥은 뜯겨 일어나 있었고 교실 내부는 여기저기 무너져내려 엉망이었다. 천장에는 어디서부터 내려왔는지 모를 기다란 끈이 매달려 있기도 했다. 문이 없는 수세식 화장실은 어제 새벽에 발견하지 못한 게 정말 다행이란 생각밖에 들지 않았다. 폐교된 지 꽤 오래된 매물도초등학교 가왕도 분교였다. 그 옆 언덕길로는 덩굴들이 타고 자라는 파란색 물탱크가 있었다. 길을 만들어가며 풀들을 헤치고 다니다가 무덤도 하나 보았다. 섬에 들어가면 사람이 살았던 흔적이 있어 덜 무서울 거라고 들었는데, 오히려 그것들이 공포로 다가왔다.

섬을 배로 크게 돌아보면 인간의 영역과 자연의 영역으로 나뉘어져 있었다. 섬을 반으로 나누면 육지를 바라보는 쪽엔 나무들이 자라 있다. 바람을 등지고 있기 때문이다. 바다에서 불어오는 바람의 영향이 적고 사람들이 살았던 흔적이 많기 때문에 나는 이곳을 인간의 영역이라 이름 붙였다. 그리고 바다를 바라보는, 섬의 나머지 반쪽을 자연의 영역이라 이름 붙였는데, 그 이유는 바람과 바위만 가득하여 섬이 헐벗은 느낌을 주었기 때문이다. 바다에서 불어오는 거친 바람 때문에 방풍림도 쉽게 자라지 못하는 곳이다.

174   내가 텐트를 친 곳은 따지자면 자연의 영역이었다. 인간의 영역이었던 곳으로 가면 빈집들이 있다. 비어 있는 집터에 텐트를 치면 바람을 피할 수도 있을 텐데 지금은 없는 사람의 흔적을 보는 것은 폐교 하나만으로도 충분하단 생각이 들었다. 많이 살 때는 100명이 넘는 사람들이 살았던 가왕도. 인간의 영역으로 넘어가 누군가 살았던 곳을 만나면 그때 살았던 사람들을 상상할 테고, 그러면 그 사람들이 내게로 오고, 어느 순간 나는 그 집에 앉아 있을 것만 같았다. 불쑥 만나기엔 아직 준비가 되어 있지 않은 것도 있었다.

겹 과 겹 사 이

길을 헤치며 가다가 막다른 길에서 거대한 거미줄을 만났을 때였다. 래핑을 하듯 거미줄이 얼굴 전체에 몇 번이나 칭칭 감기는 경험을 하고서는 앞을 살피며 걷기 시작했다. 거미는 나무와 나무 사이의 허공에 거대한 집을 지어뒀다. 거미줄엔 작은 곤충 네다섯 마리가 걸려 미라처럼 붙들려 있었다.

그 집을 해치기가 미안하여 거미줄의 한쪽 끝을 잡고 조심스레 떼어낸 다음 몸을 통과시켰다. 그리고 다시 뒤편에 있는 나뭇가지에 붙여주었다. 말하자면 앞쪽에서 나를 막고 있던 거미줄의 끝 한쪽을 떼어내 대각선으로 조금 이동시켜준 것인데 거미 입장에선 세상이 요동쳤을 것이다. 그러다 새로운 세상과 만났을 것이다. 잠깐 주

춤하던 거미가 집이 다시 튼튼히 고정되어 있다는 것을 감지하자 재빨리 발을 놀렸다. 무너진 곳은 없는지, 먹잇감은 잘 있는지, 새로운 집의 경계는 어디인지를 파악하기 위해 이리저리 움직였다. 그러곤 다시 적응이 안 되는지 곰곰이 생각하는 것인지 꽤 오랜 시간 가만히 있었다. 세상이 빙그르르 돌아 도무지 정신을 차리지 못한 거미가 몇 시간이나 경계를 풀지 않고 제자리에 있는 것만 보다가 나의 하루가 갔다.

인간의 영역으로 가지 않으려는 내 의지와 거미줄을 옮긴 오늘의 나를 보며 생각했다. 세상은 여러 겹으로 되어 있을지 모른다는 것을. 겹에서 다음 겹으로는 상상하기 힘들다는 의미에서 차원의 개념과 비슷한 듯하다. 하지만 내가 생각하는 겹은 눈에 보이지 않는 힘까지 포함되어 있다. 내가 직접 관여할 수 있는 세상만이 나의 세상일뿐 그 외에는 몇 겹이 더 얹혀진 세상이 있다.

내 세상 밖으로는 몇 겹이나 더 있는진 모른다. 그 밖, 겹의 세상은 신일 수도, 우주일 수도 있다. 내가 누군가를 운명이라 생각하고 만나는 것은 이 바깥 겹의 세계에서 조절이 가능하다. 한 겹 밖의 세상에서 조금만 움직여주면 나의 운명을 바꿀 수 있는 것이다. 거미줄에 걸려든 곤충을 만난 것은 거미의 세상에서 일어난 일이다. 하지만 내가 거미줄을 옮겨둔 것처럼 상위의 겹에서 이 세상에 영향을 주기도 한다는 것이 나의 지론이다.

179

운명적으로 누굴 만나거나 혹은 어디에 가게 되거나 하는 것도 그런 겹과 겹이 존재하기 때문이 아닐까. 그러니까 상위의 겹에서 내 모든 삶을 결정하진 않지만, 나도 모르는 힘이 작용하여 운명이라 느끼는 만남이 있게 되는 것이다. 운명의 수레바퀴는 굴러간다. 수레바퀴 나사를 조이거나 느슨하게 하는 것 따위도 동시에 이루어지고 있다. 나를 둘러싼 다른 세계에서 누군가에 의해 말이다.

멀리 바다에서도 서로 다른 방향에서 온 배들이 만나고 있다. 항구로 들어가는 벌크선과 먼바다로 나가는 어선이 점점 가까워졌다. 그들은 기다렸던 만남일까. 사실 어디까지가 이 세상 겹의 영역이고 어디까지가 다음 겹의 권한인지는 모르겠다. 내가 부담스러워하는 사람들을 만나는 것, 섬 너머 빈 마을에 가지 않는 것은 나의 의지로 조절할 수 있으므로 나의 영역이다. 다만 우리가 운명이라 부르는 것처럼 내가 사는 세계에서 또 누군가를 새롭게 만나게 된다면 그것은 나의 겹에, 나의 생에 이미 들어온 사람이라 생각하고 또 열심히 만날 것이다.

지금쯤이면 아까 그 거미도 새로운 나무로 옮겨진 집에 적응했을 것이다. 종종 상위의 겹이 너무 느슨한 인과관계를 만들어 놓친 만남이 많았던 것이 아쉬울 뿐이다. 지금에서야 나도 거미줄을 새로운 나뭇가지에 더 튼튼하게 감싸 붙여주지 못한 것이 미안해진다.

하 로 의 초 밥 집

가왕도로 들어가는 배에서 선장 할아버지에게 들은 이야기이다.

    내가 지금 와 있는 이 무인도. 이곳에 하로의 초밥집이 있었다. 섬에 웬 초밥집이냐 하겠지만, 멀리서 대량으로 수입해와 전국 각지로 내보내지는 연어나 참치 따위는 없지만, 바다가 보이는 선착장에 일곱 명 정도가 앉을 수 있는 이 초밥집은 꽤 잘됐다. 선착장이라 부르기 애매할 정도로 3미터짜리 짧은 콘크리트가 전부이니 나무로 만들어진 하로의 2층 초밥집이 곧 선착장인 셈이었다. 번듯하고 튼튼한 나무라기보다 조금은 부족해 보이는 나무로 지은 집이었고 그마저도 2층은 다락방 개념으로 잠을 잘 때만 올라가는 곳이었다. 선착장도 바위와 바위 사이에 간신히 만들어진 것이라 했다. 바다 한가운데 있는 하로의 초밥집은 사람들 입에 자주 오르내렸다.

하로는 어부들이 물고기를 잡아오면 그 물고기로 바로 초밥을 만들어주었다. 사실 메뉴랄 것이 없다. 어떤 사람들은 잡아온 물고기들로 값을 치르곤 했으니 찾아오는 이에게 하로의 집은 매번 신선한 초밥을 먹을 수 있는 곳이기도 했다. 오징어잡이 선원에게 오징어를 받고 고등어회를 내어준다면, 고등어를 준 이에겐 오징어회를 내어주는 식이다. 적당히 간이 밴 밥을 꺼내 아직도 펄떡이는 생선의 뱃살을 얹어냈다. 뭍의 두 배 값에 달하는 소주와 함께. 메뉴판엔 사케나 맥주 따위도 있었지만 누구도 마시는 것을 보진 못했다. 먼바다에서 물고기를 잡아오는 큰 배의 항해사들은 남해의 많은 섬과 그물을 피하기 위해 수심을 측정하고 육안과 레이더로 끊임없이 관측하면서도 등이 켜져 있는 이 섬을 망원경으로 보곤 했다. 작은 고깃배들이 쉽게 들락날락하는 모습을 그저 바라만 보다가 남해에 접안을 하면 부러 낚싯배를 타고 다시 나와 이 집에 오곤 했다. 벌크선도 LNG 선박들의 항해사들도 마찬가지였다.

종종 시간이 날 때 하로는 파도와 파도가 만나는 흰 거품에 회를 뜨면서 생기는 생선의 피를 뿌렸다. 그에게는 하나의 의식과도 같은 일이었다. 하루에 한 번씩 붉은 물감을 뿌렸다. 그러면 물감은 아주 잠시 공중에서 붉은빛이었다가 바닷속으로 유유히 흘러들어갔다.

남은 하루를 잘 보내겠다는 의지였으며 지금까지의 하루를 잘 보냈다는 감사였다. 피로 된 물감이 바닷물에 떨어지면 파도 한 번에 바로 색을 잃지만 이 바다 어딘가에서 영원히 술술 풀리고 있을 거란 생각을 했던 것 같다. 유리병에 잉크를 한 방울 떨어뜨리면 점차 물에 풀리는 것을 습관처럼 보곤 했으니 하루에 한 번쯤은 더 넓은 곳에서 맘껏 잉크를 풀어보고 싶었던 것인지도 모른다.

하로의 초밥집은 갯바위에서 낚시를 하기 위해 들어오는 낚시꾼만으로도 항상 붐볐다. 살고 있는 사람도 없고, 하물며 구멍가게 하나 없는 이곳에서 가게가 어떻게 유지되는지 궁금했지만 계절과 날씨, 시간에 관계없이 들어오는 낚시꾼들이 있었기에 큰 문제는 없었다. 대매물도나 어유도, 소병대도 같은 주변 섬으로 낚시를 가던 낚시꾼들도 하로의 섬으로 낚시터를 바꾸기도 했다.

낚시꾼들은 좋은 자리를 선점하기 위해 새벽에 미리 항구에서 출항하곤 하는데 시간을 앞당겨 하로의 초밥집에서 소주를 곁들여 요기를 하고 나가기도 했다. 그리고 다시 뭍으로 나오면서 또 회 몇 점과 초밥을 먹고, 이번엔 조금 더 진하게 마시곤 항구로 나왔다. 어부들은 밤에도 늘 불이 켜져 있는 하로의 초밥집 등불을 작은 등대라 했다. 낚시꾼들도 다른 섬에서 낚시를 하다 고기가 잡히지 않더라도 촛불같이 켜진 등불을 보며 위안으로 삼았다. 간간이 먼바다에 나가기 전이나 만선을 기원하기 위해 자기들끼리 와서 소주를 한 잔씩 마시고 가기도 했고 옆에서 낚싯대를 던져두고 자리가 나길 기다리는 사람도 더러 있었다.

　하로에게는 결혼은 하지 않았지만 이 섬에서 함께 살고 있는 여자가 있었다고 했다. 십여 년 전 이들이 왔을 때부터 이곳은 빈 섬이었기 때문에 둘만의 섬이라 볼 수 있었다. 하로와 여자가 왜 이 섬에 왔는진 아무도 알지 못했고 누군가를 피해 도망쳐왔다는 소문만 무성할 뿐이었다.
　오랫동안 초밥집을 찾았던 사람들에게도 하로와 여자는 신비로운 존재였다. 하로가 그의 진짜 이름인지, 왜 이 섬에 왔는지, 섬 밖으로 나가긴 하는지, 그게 아니라면 필요한 것들은 누가 어떻게 전달해주는지는 아무도 정확히 알지 못했다. 아주 오래전부터 몇십 년 전까지 사람이 살았다는 섬이니 섬 안쪽으로 가면 이들이 파둔 우물이 있다는 사람도 있었고, 일제강점기 때 생긴, 뭍으로 연결되는 해저터널로 다닐 거란 사람도 있었다. 거제 앞바다는 임진왜란 때 많은 일본군이 죽어 선조들이 죽은 그 바다 위에 차마 다리를 놓을 수 없으니 그들이 해저터널을 만들어두었다는 것이 이들의 부연 설명이었다.

　이곳을 찾는 사람들이 으뜸으로 치는 것이 있었는데 바로 가오리 간으로 만든 초밥이었다. 가오리의 간을 '애'라고 하니 사람들은 애

초밥이라고도 불렀다. 하로는 이 가오리의 애를 얹어 초밥을 만들어 주기도 했고, 비빔밥을 만들어주기도 했다. 식초와 소금, 설탕이 적당한 비율로 섞인 흰밥에 김을 두르고 위에 애를 얹어 먹는 그 맛은 먹어보지 않은 사람은 모른다고 했다. 양념이 된 밥에 참기름과 김을 조금 넣고 애를 으깨어 비빔밥으로 먹는 것도 인기가 많은 메뉴였다. 성게알처럼 입안에서 구르며 크림처럼 부드러운 맛을 냈다. 잡으면 육지로 가져가지 않고 배에서 바로 먹는 몇몇 물고기가 있는데 가오리도 그중 하나였다. 그물을 내려 한 마리라도 걸리면 사람들은 바다에서 나오기 전 하로의 초밥집에 들러 그것들을 먹고 가곤했다. 하로의 여자도 애초밥을 좋아했다.

소금같이 흩뿌려진 별들이 박힌 밤이었다. 설탕이라 하기엔 별들이 너무 큰 결정을 가진 날, 선원이 유달리 가오리를 올린 날이었다. 그날도 하로는 능숙하게 가오리의 배를 갈랐다. 그리고 찜으로 쓸부분을 빼고는 빨간 바구니에 부속들을 넣었다. 허파와 내장 따위와 붉은 핏물들을. 하로는 너무 많이 잡아 몇 마리나 배를 갈랐는지 모르고 있었고, 손님은 바뀌었지만 계속 같은 사람이 앉아 있는 듯한 날이었다. 그러다 아주 먼 곳에서부터 별이 사라지기 시작했다. 아주 천천히 구름이 별들을 삼키며 다가오고 있었다. 뱃사람들의 안목은 정확했다. 사람들이 서둘러 자리를 마무리했고, 낚싯대를 펼쳐둔 사람들은 서둘러 소주잔을 비웠다. 마지막까지 생에 가장 큰 가오리

무인도에 갈 때 당신이 가져가야 할 것

를 잡았다며 소주를 들이켜던 패랭47호의 선장까지 사라졌다.

선장님의 이야기는 여기서부터 빨라졌다.

하로가 청소를 하고 2층으로 올라갔다. 그리고 그는 피곤하다며 올라간 자신의 여자와 선장이 몸을 섞고 있는 것을 보았다. 잠깐 망설이다 모른 척을 하고 내려와 모아둔 가오리의 피를 바다에 흩뿌렸다. 그리고 마지막 손님이 나갔는데 배 한 척이 가게 앞에 있었던 것을 보고도 왜 이상하게 여기지 않았는지를 생각했다. '선장도 술을 많이 마셨고, 함께 패랭47을 탔던 선원 두 명은 다른 배를 타고 나갔으려나. 어차피 입출항 신고를 하는 사람들도 한동네 사람이니 그냥 넘겼을 테고…….' 술을 빈속에 쏟아붓고 테이블에 엎드려 있다가 잠에서 깼을 땐 배도, 선장도, 하로의 여자도 모두 사라졌을 때였다.

187

그뒤, 하로의 초밥집은 불이 꺼졌다. 하로는 반쯤 정신이 나갔다. 섬에 가서 하로를 만난 사람들은 하로가 가오리를 보기만 하면 날아다닌다고 했으며 가오리의 날갯짓에 비행기가 추락하는 것을 봤다고 했단다. 그리고 어느 순간 하로가 그 섬에서 사라진 이후로 하로를 본 사람은 아무도 없다고 했다. 지금은 부서진 하로의 초밥집처럼 사라진 흔적으로 사람들은 하로를 기억하고 있다.

나는 이 섬이 가오리섬이라 이름 붙여진 이유가 사람들이 가오리의 애를 맛있게 먹었던 집이 있어서인지, 가오리를 좋아하던 하로의 여자가 있던 섬이어서인지, 혹은 가오리가 하늘을 난다는 하로가 있어서인지는 알지 못한다. 다만 하로가 말했던 하늘을 나는 가오리에 대해 생각할 뿐이다. 하로는 왠지 가오리를 타고 산과 산 사이를, 해무가 끼어 있는 하늘과 바다 사이를 날아다니고 있을 것 같다는 생각이 들었다.

성 냥 을 그 으 며

———

무인도에서 있으면 생각나는 것들이 많은데, 혼자 있다는 것과 배가 고프다는 느낌은 며칠이 지나고서야 떠오릅니다. 처음엔 파도 소리 에 묻혀서인지 외롭지 않다가 이삼일이 지나면 그제야 혼자 있다는 생각이 밀려옵니다. 이것들은 늦게 오는 것이니만큼 진하게 몰려옵 니다.

그런데 이상한 것은 한끼만 먹지 않아도 배가 고팠던 것과는 달 리 이곳에서는 이틀이 지날 때까지 특별히 뭘 먹지 않아도 크게 허 기가 느껴지지 않는다는 점입니다. 바다를 바라보는 일밖에 하지 않 아서라 할지라도요. 한끼만 건너뛰어도 뒤틀리게 배가 고파지는 제

겐 분명 이상한 변화였습니다. 사흘 정도 지나니 왠지 이제는 뭐라도 먹어야 할 것 같았습니다. 몸이 한결 가벼워져 그 끝이 어딘지 달려보고 싶었으나, 다시 처지는 기분이 들었기 때문입니다.

그래서 아무것도 먹지 않은 지 사흘째 되는 날, 밥을 먹기 위해 성냥을 켜는 것은 의미 있는 일이었습니다. 혼자 있다는 것은 외롭다는 것이기도 했지만 무엇이든 스스로 해야 한다는 것이기도 했습니다. 살기 위해선 번거로운 일들을 해야 했습니다. 버너를 꺼내고 물이 흐르는 곳까지 내려가 물을 받고 라면과 밥이 함께 있는 전투식량을 뜯었습니다. 표면에는 정말로 '전투식량'이라고 적혀 있었는데 '뜨거운 물만 있으면 OK!'라고도 적혀 있었습니다. 그 뜨거운 물이 없어 먹지 못할 수도 있는데 전투식량이라니. 이상했지만 가장 만만한 녀석이었습니다.

무인도에선 성냥을 썼습니다. 성냥을 몇 번 그었습니다. 성냥으로 불을 켜는 것은 비행기를 조종하는 것과 같다는 생각이 들었습니다. 인이 잘 발린 직사각형의 활주로를 지나 공중으로 성냥을 띄우기 때문입니다. 그리고 어느 정도 궤도에 오르면 그제야 잘 이륙했다는 붉은 점멸등을 켜는 것도 같습니다. 그리고 승객들을 담배로, 화롯가로, 버너로, 삼발이 랜턴으로 안내하면 조용히 퇴역합니다. 그렇게 뜬 비행기가 음식을 떨어뜨려줍니다. 매일 밤 7시에서 7시 반 사이 큰 배들이 해안선을 따라 들어오고 8시에서 8시 반 사이 별

똥별 두세 개가 떨어지는 것처럼, 9시에서 9시 반 사이 비행기 한 대가 지나갑니다. 아직 음식을 받진 못했지만 곧 섬 곳곳으로 떨어지겠지요.

아직 라면이 익으려면 멀었습니다. 배는 고프지 않더라도 얼큰한 라면 국물은 자꾸 기다려집니다. 낚시꾼들이 미끼로 쓰다 갯바위에 던져두고 간 새우들이 생각났습니다. 땡볕과 바람에 마른 새우들을 넣으면 국물이 더 진해질 것 같다는 상상을 했습니다. 미역도 생각났습니다. 바위 아래서부터 미역을 끌어올렸던 모터가 언제 미역이 또 올라올까 싶어 아직도 밑을 내려다보고 있습니다. 녹이 슬었지만요. 기름칠만 하면 이곳 사람들에게 수입을 안겨줄 미역들이 다시 줄줄이 올라올 것 같습니다.

지금은 미역을 따서 레일 위에 올리는 사람도 없지만 모터를 켜볼까 오래 망설였습니다. 옛날엔 사람들이 높은 가격에도 일부러 멀리서 가왕도의 미역을 사러 왔다니 자존심 때문이라도 켜질 것 같았습니다. 지나가는 배들에게 덜덜덜 소리를 내며 이 섬에 아직도 사람이 산다고 외치는 일도 함께했을 터이니 모터는 분명 더 빨리 수명을 다했을 겁니다. 바위에서 천천히 나른한 최후를 맞이하고 있는 새우와 미역 줄기를 올리는 모터 소리를 생각하는 동안 라면이 익었습니다.

그런데 함께 들어 있는 밥이 익지 않았네요. 원래 라면도 약간 불은 것을 좋아해 다시 기다리기로 했습니다. 며칠이나 있었다고 손에

195

선 미역 냄새가 납니다. 살짝 비리기도 하고 고소한 것이 말린 미역이나 다시마 향입니다. 왠지 손가락을 썰어 오래 끓이면 다시가 될 것 같습니다. 지문마다 배였으니 잘게 썰수록 더 깊이 우러나겠지요. 바다를 담기 위해 카메라 셔터를 누르던 사이나 섬에 있는 흰 등대에 오르려고 녹슨 철사다리를 올라가는 사이, 혹은 갈매기를 향해 허공으로 손을 뻗었을 때 스며들었던 것 같습니다. 이제는 때가 됐습니다.

먹어야 할 것 같아 간만에 든 수저인데 너무 자극적이었나봅니다. 조금만 새로워도 속이 뒤집히는 제가 이런 곳이 좋다고 찾아다니는 것은 참 신기한 일입니다. 라면이 익길 기다리며 이런저런 생각을 할 수 있는 곳이니 몸이 조금 가벼워져도 좋습니다. 성냥으로 비행기를 만들고, 사람들이 살 때 썼다는 녹슨 모터를 떠올릴 수 있었던 신선한 자극을 받은 날이었습니다. 다만 이번엔 한 번에 강렬한 자극으로 그 시간을 뚫고 나와 아쉬웠습니다. 다음부턴 조금 천천히 덜 강렬한 것부터 먹으며 되돌아오려 합니다.

문 을 닫 기 전 에

가만히 보니 파도는 한 방향으로만 움직이지 않는다. 서로 다른 방향에서 오는 크고 작은 파도들이 엉켜 있는 거대한 판이 바다였다. 반대편에서 작은 물결이 다가오는데 한쪽이 더 진취적이다. 작은 쪽이 잠시 힘을 빼고 다시 합쳐짐의 반복이다. 서로 엉겨붙으면서 걸죽해졌다가 느슨해지고, 사라지고, 나타났다 합쳐진다. 바다의 흰 거품은 이때 생겨난다. 서로의 기를 빼고 남은 것이다. 제힘을 이리도 쉽게 누그러뜨리는 것을 아쉬워하는 작은 파도들이 있을 것이다. 그들이 사라지기 전 저항의 의미로 마지막 힘을 쓰는데 그것이 거품이란 생각이 들었다. 그렇게 작은 물결들은 조금씩 큰 파도로 이동하며 성장하는 것 같았다.

십여 년 전, 나는 뜬금없이 문예창작학과에 진학하겠다고 했다. 그때 나의 부모님은 일찍 하고 싶은 일을 찾아서 다행이라며 적극 지지해주셨는데, 그때까지만 해도 이게 얼마나 큰 힘이 되는 일이었는지 몰랐다. 실기고사 후 면접을 보는 자리에서 교수님에게 질문을 받고서야 알았다. 울산에서 온 것을 보고 "아버지는 현대맨이시겠네?"라고 운을 띄우더니 바로 부모님은 우리 과 지원에 반대하지 않았냐고 했다. 그제서야 '반대하는 부모님도 있구나, 아니 많았구나'라는 것을 알았다. 공부하라는 소리를 들을 때마다 시집이나 소설책을 꺼냈다. 자습시간만 되면 한자책만 들여다보는 친구와 나는 결국 마지막까지도 선생님이 원하는 곳의 학교와 학과에 지원하지 않았다.

부모님은 항상 내 결정을 지지해주셨는데 도리어 간혹 '제동을 좀 걸어주지'라고 생각할 때가 있었다. 해병대에 입대하는 날, 운동장에서 동기들이 마지막으로 부모님을 향해 큰절을 올리는데 멀리서 보니 우리 부모님만 싱글벙글이었다. 재워주고, 먹여주고, 입혀주고, 의지를 길러주는 곳으로 가는 건데 이보다 좋은 곳이 있냐는 것이 지론이었다. 7주간의 훈련을 받는 동안, 적어도 내가 해병대에 간다고 했던 것만큼은 말려주셨으면 좋았을 텐데 하는 미련이 있었다.

중학생 때 다리를 심하게 다쳐 오랜 병원생활을 했는데 퇴원할 때 의사선생님이 수술 내역과 엑스레이 등이 담긴 CD를 주었다. 나중에 신체검사를 받을 때 이 자료를 주면 면제가 될 거라고 했다. 병무청에 CD를 제출하라고까지는 하지 않더라도 적어도 힘든 곳에 가겠다는 아들에게 평범하게 가는 것은 어떻겠냐는 말 한마디를 해주셨어야 했다. 첫 휴가를 나와 그 CD를 찾았다. 아무리 찾아도 없어서 여쭤봤더니 부모님도 모르겠다고 하셨다. 퇴원을 하는 순간부터 병무청에 제출할 생각은 아예 없으셨던 것 같다.

실은 중학생 때 다리를 다쳤던 것은 내 인생에서 꽤 충격적인 일이었다. 발목이 돌아가고 정강이뼈가 부러지면서 왼쪽 무릎의 성장판도 다쳤다. 심한 평발이란 것도, 하지정맥류 증상이 있다는 것도 이때 알고 4개월 정도를 입원해 있다가 퇴원했을 땐 비만이었다. 의사선생님은 못 걸을 수도 있고, 언제 다시 뛸 수 있을지도 모른다고 했으니 나를 집어삼킬 정도의 큰일이었다. '산다는 것이 무슨 의미가 있을 수 있겠냐'는 생각을 처음으로 했던 때였다. 직접 의사선생님께 전해 들어 내가 얼마나 심하게 다쳤는지 잘 알고 있는데도 부모님은 내가 마치 감기에 걸린 사람인 듯 큰 걱정을 안 하셨다. 사주신 게임기의 게임들을 마지막 관문까지 깨고 더이상 할 게 없던 내가 책을 읽기 시작하니 읽고 싶은 만큼 읽으라며 만화부터 소설까지 병실에 아예 책장을 만들어주셨다.

한쪽 다리를 받침대 위에 올리고 몇 개월을 보내면서 본 장면 중에 아직도 잊히지 않는 것이 있다. 저녁이 되면 근무복을 입고 항상 웃으며 병실로 들어오는 아버지 얼굴이었다. 먹을 것을 잔뜩 든 채로. 아버지는 단체로 해외여행을 가면 가이드분들이 "사장님은 회사 그만두시고 저희와 같이 일하시죠"라고 제안을 받을 정도로 쾌활하신 분이었다. 한때 나는 그것이 참으로 부끄러웠다. 세상에 너무 많은 것들을 보여주려고 하는 사람처럼 보였기 때문이다.

퇴원을 하고 대학에 들어가기 전까지 운동이라곤 집 밖 5킬로 이상을 걸어본 적 없던 아이가 갑자기 250킬로를 달리는 사막마라톤에 가겠다고 했으니 이때도 참으로 황당했을 터였다. 그것도 다섯 번이나. 그냥도 아니고 6박 7일간 자급자족하며 250킬로를 달려야 하는 마라톤. 걱정은 하셨지만 이번에도 말리진 않으셨다. 참가비를 마련하기 위해 원룸의 보증금을 부모님 몰래 뺐다는 사실을 한참 나중에 아셨지만 그때도 별말은 하지 않으셨다. 그래도 부족한 참가비 마련을 위해 여러 회사로부터 스폰을 구하고 강남역에서 장미꽃을 판다는 사실을 알았을 때에도, 전역을 한 바로 다음날 떠나는 쿠바행 비행기를 끊었다고, 돌연 남미를 여행하고 오겠다고 했을 때에도 마찬가지였다. 지금은 또 무인도에 다닌다니. 그런 의미에서 무인도를 다니는 것은 그나마 다행이다.

무인도지만 이 섬에도 저 섬에도 단풍이 들고 있는 것이 보였다. 물이 빠지면 서로 연결되어 있을 산맥들이 잠시 몸을 숨기고 그들끼리만의 시간을 갖는 것이 아닐까. 섬마다 단풍이 든다면 그것은 필경 바다 아래 산맥들에도 이어져 옆 섬에게 붙는 것일 테다. 같은 때에 섬들에 단풍이 든다는 것은 하나의 덩치임을 확인하는 순간인 것 같다. 우리가 모르는 사이 저 깊숙한 곳에서 붉은 불들이 섬 위로 솟구치는 과정이니까. 외딴 섬들에서 이 장면들을 봤으니 떨어져 있지만 부모님과는 뭔가로 연결되어 있다는 생각을 지울 수 없었다.

　내가 대학에 입학을 하던 날, 발렌타인 30년산을 따 온 가족이 한 모금씩 하고 다시 닫아두었다. 아버지는 어릴 때부터 두 아들이 다 크면 같이 포장마차에서 소주 한잔을 기울이면 좋겠다고 입버릇처럼 말씀하셨다. 두 아들과 목욕탕에서 때를 미는 것이 첫번째 로망이었고, 포장마차에서 소주를 한잔 하는 것이 두번째 로망이었다. 셋이 마지막으로 목욕탕을 다녀온 뒤부터 동생과 나는 늘 스무 살이 되던 해 셋이 어색하게 포장마차에 있을 수도 있다는 생각을 해왔다. 이달, 아버지는 37년간 다니던 회사를 그만두셨고, 복용하는 고혈압약도 세 종류로 늘어났다.

　늦기 전에 포장마차를 찾아야겠다. 소주를 마시다 안주를 하나 더 시키면서 아주머니에게 양해를 구한 뒤 발렌타인을 꺼내야겠다. 아버지는 속상한 일이 있을 때마다 조금씩, 너무 기쁜 일이 있을 때도 조금씩 마셨기에 그렇게 내 생에 첫 술이자 가장 비싼 술이었던 그 발렌타인 30년산은 이제 없다. 아무렴 어떤가. 발렌타인 30년산은 세상에 많고, 이젠 나도 구할 여력이 된다.

텐 트

서울에서 가까운 캠핑장에 가면 늦은 밤 조용히 혼자 와서 텐트를
치는 아저씨들을 많이 보게 됩니다. 아저씨들은 능숙하게 집을 짓고
선 으레 라면을 끓였습니다. 또 물이 끓는 모습을 가만히 지켜보다
가 천천히 국물을 들이켜며 면을 건졌습니다. 라면을 먹고 나면 야
외의자에 등을 젖히고 하늘을 보다 조용히 텐트로 들어갔고요.

제가 본 캠핑장에 혼자 온 아저씨들의 모습이었습니다. 편안한
집을 두고 왜 늦은 시간, 혼자 나와 텐트를 치는지 궁금해졌습니다.
또 혼자 무수히 많은 아저씨들의 삶을 상상했습니다. 이른 아침이면
다시 텐트를 걷고 돌아갔으니 더욱 궁금했습니다. 이해는 잘되지 않
지만 멋있어 보였습니다. 따라 해봤습니다. 친구들과, 연인과 함께

온 사람들의 텐트 사이로 텐트, 코펠, 침낭, 깔개만 가지고 캠핑장에 입장했습니다. 절차에 따라 혼자 라면을 먹고 텐트로 들어가니 그렇게 맘이 편안할 수 없더군요. 도심 한복판에서 다시 나를 찾은 느낌이랄까요.

텐트를 치는 일은 나만의 세계를 구축하는 일이었습니다. 그 안에선 나무도 자라고 꽃도 핍니다. 어떤 강한 바람도 텐트의 매끄러운 결을 따라 방향을 바꿔 흘러갑니다. 미사일이 날아와도, 아무리 소란스러워도 몇 겹으로 되어 있는 지하 벙커처럼 든든하기까지 합니다.

왜 아저씨들이 늦게까지 푹 자지도 않으면서 집보다 불편할 텐트를 치는지 점점 알아가는 중입니다. 온전히 처음부터 내 힘으로만 뭔가를 완성하고, 그 안에 나의 소중한 것들을 초대할 수 있기 때문이지요. 주방과 안방은 없지만 누구라도 이 집에선 발 뻗고 푹 잘 수 있으며 입김이 텐트 밖의 이슬로 맺히는 것에 신기해하는 마음을 가질 수 있는 곳입니다. 문을 열어두면 세상과 이야기할 수 있고 바람이 내부를 감싸고 잡다한 생각들을 싸잡아 끌고 나가니 텐트를 펼치는 순간부터 즐거워지기도 합니다. 밤이면 등 하나에 작은 세계는 무한히 확장되어 바다 위에도, 절벽에 아슬아슬하게도 매달리게 하고, 이제 막 활주로를 벗어나 이륙하는 비행기 날개 위에도 얹힐 수 있는 것이 좋습니다. 그렇게 많은 캠핑장의 아저씨들은 모두 밤마다 어디로 간 것일까요.

무인도에 간다고 하니 모두들 어디서 자냐고 물었습니다. 해먹에서도 자고 해변에 그냥 누워서도 자봤지만 이번엔 텐트에서 잔다고 했습니다. 물론 무인도에서의 리얼 서바이벌을 기대했던 친구들은 다소 실망한 눈치였습니다. 하지만 안전도 안전이고, 날씨도 날씨고요. 무엇보다 텐트가 주는 설렘이 있기 때문입니다. 무인도라 해서 꼭 무슨 생존을 하기 위해서만은 아니니 나는 아무도 없는 곳에서 나만의 세계를 구축하기 시작했습니다. 지나가는 배에서 본다면 세상 가장 외롭고 고독한 공간이겠지만 그래서 가능한 일이기도 합니다.

바다 한가운데를 떠다니는 크루즈라면 이런 느낌의 공간이 있을까요. 배의 복도에서 바다가 보이는 갑판으로 나갈 때면 지나야 하는 빈 공간, 조타기처럼 생긴 크고 둥근 문을 돌려서 열면 나오는 그 공간에 들어가서 한 번 더 크게 문을 돌려 열어야 밖으로 나갈 수 있는 그런 곳 말입니다. 뭐라 불러야 할지 모르지만 바다 위, 문과 문 사이의 이런 빈 공간들에 저마다의 세계가 들어 있습니다.

이제 텐트 안에서 짐들을 정리할 시간입니다. 짐이라 하기엔 너무 작고 가벼운 것들이지만 텐트를 텐트답게 해주는 것들입니다. 머리맡엔 어두워지면 켤 양초와 랜턴, 먹을 것들과 가져온 시집을 두었습니다. 시집은 혹여나 혼자인 것 같은 느낌이 너무 심하게 들 때 읽으려고 가져왔습니다. 내가 본 시인들은 대개 혼자인 것에 강한, 강하다기보다 두려워하지 않는 사람들이었는데 그런 사람들이 써둔 것을 보면 나도 그렇게 될 수 있지 않을까 하는 막연한 기대 때문입니다. 그들만의 텐트가 있고, 그 크기도 몹시 큰 사람들이었는데 어떤 섬에 그들의 텐트가 있을지 궁금하기도 했고요, 또 물론 가볍기도 했고요.

제 텐트는 2인용으로 본체와 본체를 덮는 플라이가 있습니다. 플라이는 텐트의 지붕 같은 것으로 비나 이슬이 오면 젖는 것을 막아주고 바람이나 냉기를 차단해주는 것이라 할 수 있습니다. 플라이를 치면 텐트와 플라이 사이 공간이 생깁니다. 살짝 떠 있어서 그 공간으로 지금은 도마뱀이 지나다니기도 하네요.

텐트의 양쪽엔 지퍼로 열어야 하는 둥그런 모양의 문이 하나씩 있습니다. 양쪽 문과 플라이 사이에도 공간이 있어 배낭은 그곳에 두었습니다. 데리고 온 새끼 강아지도 그곳에서 잠을 잤습니다. 텐트 안에서 안고 자다가 답답해하는 것 같아 문을 열어두었더니 꼭 그곳에서 잠을 청했습니다. 이름도 없는 새끼 강아지는 너무 어려서 수풀 사이를 헤집고 다니는 나를 따라다니지 못했습니다. 그래서 구슬치기의 장면처럼 바닥에 흩뿌려진 것 같은 남해의 많은 섬들도 내려다보지 못했고, 높은 곳의 바위틈에서 들리는 파도의 울림도 듣지 못했습니다.

섬 언저리마다 피어 있는 구절초와 털머위들을 텐트와 플라이의 빈 공간에 두었습니다. 강아지가 섬을 조금이라도 느끼길 바라며.

그러자 꺾어둔 꽃들에 벌과 나비가 날아왔습니다. 이제는 텐트에 강아지와 도마뱀, 벌과 나비와 제가 살게 되었습니다. 초대하지 않은 많은 이들이 와 있는 것을 시인들은 두려워할 것 같기도 해서 시집은 잠시 텐트 한켠으로 옮겨두기로 했습니다.

그런 의미에서 혼자 조용히 텐트를 치고 사라지는 아저씨들도 시인이 아닌가 싶습니다. 방해받지 않고 나의 세계를 구축하고 허물었다 다시 또 세계를 그리워하며 갈망하는 일. 무너질 것을 알지만 다시 텐트를 꾸미는 일은 보통의 내공으론 불가능한 것 같아서요. 외로울 것 같다고 어린 강아지를 데리고 온 저는, 텐트에 있는 작은 도마뱀도, 벌들도, 나비도 반가워하는 저는, 아직 그 정도의 내공이 못되는가봅니다.

208

랜턴을 켰고 시집을 꺼냈습니다. 괜히 상상으로 텐트를 지도 위여기저기로 옮겨보다 결국 몽골의 어느 대초원에서 잠이 든 날이었습니다.

아쉬울 때 떠난다는 말

페루를 여행하며 묵었던 한 한인 민박집에서 군대 선임인 석재형을 만났다. 나는 쿠바와 멕시코를 한 달 여행하여 꽤 지쳐 있었다. 형도 전 세계를 돌던 중으로 둘 다 여행을 하면서 한인 민박집에 온 것은 처음이었다. 한식이 생각났고 한국말을 하는 사람이 그리웠다. 페루 사람들의 생각 이상의 친절에 대해, 공항에서부터 보이는 라마라는 동물에 대해, 마추픽추의 기원이나 잉카인들이 남긴 문명의 찬란함에 대해 터놓고 이야기하고 싶었는지도 모른다.

마침 주인아저씨가 곧 뉴욕에서 여학생 두 명이 온다고 했다. 새벽에 온 두 학생은 나보다 한두 살 어렸다. 그런데도 당차게 남미를, 여자 둘이서 이 새벽에 오다니. 더욱 용기 있는 것은 남미를 한 달간 여행한다면서 캐리어에 커다란 가방에 쇼핑백까지 지나치게 많은 짐을 들고 온 것이다. 오랜 여행으로 짐 싸기의 달인이 된 형과 갓 전역을 했던 터라 옷을 개고 정리하는 감각이 살아 있던 나는 그들에게 조언을 해주고 짐을 정리해주었다. 뉴욕에서 쇼핑한 옷은 압축팩에 넣고 커다란 샴푸와 린스, 문어발 빨래건조대, 우산, 빨래집게, 건전지, 신발 세 켤레, 화장품 등을 빼냈다. 골동품 감정을 하는 사람처럼 신중했고 오랜 검증 끝에 캐리어를 통째로 비우기에 이르렀다.

일정과 코스가 비슷하여 넷이서 여행을 시작하게 되었다. 함께 마추픽추에 올랐고, 아타카마 사막을 넘었으며, 우유니 소금사막을, 그것도 가장 아름답다는 우기 때에 지났다. 벌벌 떨면서 가장 위험하고 악랄하다는 볼리비아 루렌바케 근처에서 아마존을 보겠다고 스물네 시간 버스를 탔다. 그렇게 우린 가족이 됐고 칠레를 지나 파라과이, 우루과이, 아르헨티나, 브라질까지 함께할 것 같았다.

그러다 어느 날 문득, 석재형이 나를 밖으로 불러냈다. 100달러짜리 지폐를 쥐여주며 동생들과 남은 여행 잘하라고 했다. 갑작스레 만난 인연이 너무 오래 여행을 함께 하다보면 의도치 않은 모습까지 보게 된다고, 인연이라면 한국에서 또 보면 된다고⋯⋯.

한동안 어디에 시선을 두어야 할지 몰랐다. 다소 매정하기까지 했던 상황을 그땐 받아들이고 싶지 않았지만 믿어보기로 했다. 다음날 바로 형은 떠났고, 나도 며칠 안 되어 동생들과 헤어졌다. 남은 동생들도 일정을 늘린 뒤 여행을 하다가 한 달 후에 돌아왔다. 그들 역시 각자 헤어져 한 명은 탱고를 배웠고, 한 명은 리우데자네이루에서 한 남자를 만나 밤을 지새우기도 했단다. 이구아수 폭포로 가는 길에 쪼리가 끊어져 잠시 맨발이기도 했단다. 끝까지 함께 마지막을 보지 않아도 된다는 것을 그때 알았다. 마지막 순간을 조금 앞당기는 것도 괜찮은 일일 수 있다는 것을 말이다.

이를테면 무인도로 가는 것은, 아주 영영은 아니지만 조금이라도 일찍 이별하는 것이다. 또 조금 일찍 이별하는 법을 연습하는 것이다. 너무나도 빠르게 변하는 세상을 잠시 멈추게 하는 곳이기에. 벗어나기 힘든 순간일수록, 아쉬움의 유혹이 커질수록, 이별하는 연습이 필요하다는 생각이 들었다. 무인도에 아주 사는 것이 아니라면 어차피 세상에서 다시 만나게 되어 있다. 많은 사람과 부대끼고 미워하고 감사하고 심지어 사랑하는 것도 과감히 쉬어볼 일이다. 나로부터 그 사람도, 그 일도 해방될지도 모른다.

아쉬울 때 가는 것인지 떠날 때가 되어서야 아쉬운 건진 모르겠지만, 섬에 또 너무 오래 있었던 것은 아닌가 하는 생각이 드는 밤이다.

휴대폰도 카메라도 배터리가 다 되었고 가져온 보조배터리도 이젠 꺼져 있다. 아무도 없는 섬에 와서는 사람이 없기 때문에 그런 순간이 오지 않는 건 아닐까, 반신반의했던 시간들이 지나고 있다. 혼

212

자 생각하다 지쳐 잠들고 며칠이 지나면서는 산책만 하고 와도 숨이
찼다. 아름답게만 보이던 풍경들이 더이상 신선해 보이지 않고 변덕
스런 날씨에도 점점 민감해졌다. 사람이 없는 곳으로, 잠시라도 일에
서 벗어난 곳으로, 나와 섬과 바다만 있는 곳으로 가려고 했던 시간
들의 끝인 걸까. 하지만 분명 때는 있나보다. 적당한 거리와 시간이.

그 경계에 대해 배우는 중이다.

사슴봉도

#인천광역시 #옹진군 #자월면

잔잔한 시간 속에서 스멀스멀 파도가 해변을
낼름거리는 저녁, 해변은 노을의 색으로 물듭
니다. 나도 당신에게 조금씩 스며들어 깊은 색
이 되면 좋겠습니다.

하나의 문장으로도 충분할 때

하나의 문장으로도 충분할 때가 있었다. 때마다 바뀔 때도 있었지만
나를 지탱해주는 문장들. 무기력해도, 아무것도 하지 않아도, 이 선
택이 맞나 끝없이 의심할 때조차 잘하고 있다고 위로해주는 문장들.
그 하나만으로도 충분해서 한동안 또 그 힘으로 살아갔던 때가 있
었다.

사승봉도에서는 혼자였지만 또 상상만큼 외롭지 않았다. 책의 챕
터와 챕터 사이에 숨어 있던 그런 한 문장처럼 그 자체로 위로가 된
다. 이만한 문장을 찾기는 쉽지 않지만 한번 그 속으로 들어가게 되
면 그만큼 평온해질 수가 없다. 그래서 늘 떠올리게 되고 이따금씩

바라보게 된다. 가왕도가 시라면 사승봉도는 소설 같아서 한껏 이야기에 빠져들게 된다.

내게 먼저 말을 걸지 않아 좋다. 하나의 문장이 숨어 있는 책도, 무인도도. 요란하지 않게 그윽이 속으로 다가와주어 좋다. 작가가 어떤 의도로 썼든, 어떻게 무인도가 만들어졌든, 상상하는 것은 나의 소관이다. 맘껏 좋아하고 몇 번이나 다시 생각해도 늘 그 자리에 있어 좋다. 사람에게 상처받고 요란한 사랑보단 이게 더 좋나보다.

다시 물이 차오른다. 서해의 힘없는 파도도 조금씩 바위를 깎고 자갈을 깎는다. 모래가 으스러진다. 가장 피곤한 시간이다. 젖은 텐트의 물기를 털고 책을 펼친다.

물론 몇 권을 펼쳐도 하나의 문장을 찾지 못할 때도 있다. 적어도 사승봉도는 내가 그토록 찾던 책 중 하나고 이 속엔 또하나로 충분한 문장이 있을지도 모른다.

떠 다 니 는 삶

사슴봉도는 바다 위에 두둥실 떠 있다가 늘 도망갈 타이밍을 노린
다. 사슴봉도의 입장은 이렇다. 단단히 얽매인 다리를 풀어 스르륵
옆 섬으로 다가가고 싶지만 하체는 옴짝달싹하지 않는다. 전속력으
로 달리는 보트가 지나갈 때에 한해 슬쩍 휩쓸려 움직여본다. 그래
서 달리는 보트의 시선으론 섬이 조금씩 멀어지기도, 내게로 달려오
기도 하는 것이다.

사슴봉도로 들어가는 달리는 배에서 바다를 내다보다 갓 죽은 물
고기를 봤다. 저쪽 편에서 파도를 타고 내게로 오고 있었다. 물고기
의 한쪽 면은 파도와 맞닿아 있고 한쪽 면은 허공과 맞닿아 있다. 비
록 그의 오른쪽 눈은 보지 못했으나 왼쪽 눈은 나를 보고 있으니 나

는 잠시나마 그와 눈을 마주친 셈이다. 그런데 떠다니는 삶은 모두 그러한지 나처럼 그의 눈도 퀭하고 시퍼런 색을 띠고 있었다. 다크서클이거나 흠씬 두들겨맞은 모습이리라.

무슨 삶을 그리 피곤하게도 살았는지 죽어서도 다크서클로 포위된 눈은 쉬이 색이 풀리지 않았다. 포식자에게 쫓겼는지 동료들에게 따돌림을 당한 것인지 모를 일이지만 분명한 건 몹시 지친 눈이었다. 그렇다 하더라도 덕지덕지 바위를 덮고 있는 석화들처럼 힘주어 삶을 붙들고 있어야 했다. 이렇게 쉽게 세상에게 나를 내주었다는 것이 슬프지 않느냐 허무하지 않느냐는 나무람을 그는 들었을까. 못 들었을 것이다. '이제 모든 것을 놓았으면 눈이라도 잘 감아야지' 시퍼렇게 나를 보고 있어 차마 말하지 못하고 난 이렇게 속으로만 중얼거렸으니.

그렇다면 몸은 편할 것인가. 지느러미를 움직이고 꼬리를 치지 않아도, 허파에 숨결을 들이지 않아도 되니 분명 그래야 한다. 자연스럽게 두둥실 떠다니며 오래도록 맛보지 못했던 수면의 세계를 이제는 느껴야 한다. 파도 아래로 처진 꼬리에 조금만 더 힘을 주어 온몸이 햇살의 따스한 맛을 느껴야 한다. 욕심내어 공기를 잔뜩 머금고 더 위로 두둥실 떠올라야 한다. 이제는 무서울 것 없이 탐욕스럽게 바람을 비늘 사이로 끌어모아야 한다.

두둥실 떠다니는 그의 왼쪽 눈과 마주친 것이 여전히 마음 쓰였

224

다. 차라리 마주치지 않았어야 할 것을. 마지막에 나를 보며 그는 무슨 생각을 했을까. 왼쪽과 오른쪽 눈이 짝짝이인 내게 '넌 왜 삐딱하게 세상을 보느냐'고 했을까. '짝짝이 눈으로 균형을 잡으려 노력하는 것이 기특하다'라고 했을까. 이미 떠난 삶이 떠다니는 삶에게 할 수 있는 말은 무엇이었을까. 전속력으로 달리는 보트 위에서 순식간에 지나간 죽은 물고기 한 마리를 보는 동안 했던 생각.

맘껏 떠다니는 물고기는 몇 초도 되지 않아 배가 만드는 뒷골목으로 사라졌다. 그렇게 정처 없이 떠다니다 어디론가 흘러가는 삶. 순간 저멀리 보이는 파도의 흰 거품들이 모두 죽은 물고기들로 보였다. 이미 떠도는 삶을 수없이 많이 봤는데 여기라고 없을까. 보트는 수많은 물고기들을 죽이며 그들이 만드는 다리 위를 미끄러지듯 나아가고 있다.

혹시 모른다. 죽은 물고기는 가끔 몸의 방향을 바꾸어 왼쪽 눈이 보고 있는 하늘을 오른쪽 눈으로도 보게 해줄지. 빛이 들어가다 점점 짙어지며 분산되는 바다 아래를 왼쪽 눈으로도 바라보게 될지. 삶과 죽음의 경계를 들락날락하며, 이성과 감성의 세계를 넘나들며 허공과 심해를 바꿔가며 살고 있는 삶일지도 모른다.

이 모든 것은 상처받은 한쪽 눈이 본 허상일지도 모른다.

무인도를 지키는 사람, 우주에 사는 사람

배에 올랐다. 햇빛이 파도와 맞닿아 소리 없이 물속으로 스며들었다. 스며든 빛은 파도의 표면 바로 아래에서 물과 함께 떠밀려 내게로 왔다. 반면 울렁이는 표면에 미처 스며들지 못한 빛들은 파도를 코팅하듯 덮어 뻣뻣하게 공격적으로 내게 달려들었다. 그 코팅들을 벗겨내며 배는 나아갔다.

사슴봉도에 도착하자마자 내가 한 일은 섬을 한 바퀴 도는 것이었다. 사슴봉도로 가는 배를 태워주신 아저씨는 한 바퀴를 도는 데 40분 정도가 걸리는 무인도라고 했다. 그런데 섬의 반 바퀴를 돌았을 때, 언덕 위에 작은 집을 한 채 발견했다.

곧장 계단을 따라 올라가니 생각보다 큰 집이었고 뒤쪽으로는 채소들이 자라는 밭이 있었다. 고추며 상추들이 그득한 작은 비닐하우스의 뼈대는 나무를 직접 휘어 엮어 만든 것으로 보였고 집 옆에 있는 작은 철조망엔 부러진 다리에 붕대를 감은 오리가 한 마리 있었다. 빗물을 받아둔 크고 파란 통 옆에는 칡뿌리와 덩굴들이, 그 위로는 마르고 있는 벽돌들이 보였다. 추측건대 섬으로 벽돌을 실어오는 것은 비싸니 시멘트만 사서 모래를 섞은 다음 직접 틀에 찍어 만드는 것 같았다.

집 너머 뒷산으로 올라가니 한 사람이 장작을 패고 있었다. 두꺼운 도끼로 내려쳐 갈라진 장작 하나가 내 발 아래로 굴러와 그분과 눈이 마주쳤다. 나이는 많지만 거친 수염과 건장한 체격에 딱 봐도 이곳에 오래 있었다는 느낌을 주는 투박한 얼굴. 문득 나타난 사람에 놀랄 법도 한데 전혀 개의치 않는 표정이었다. 대뜸 도끼를 내려두고 시장할 텐데 뭐라도 들자고 했다. 산 이곳저곳 박혀 있는 달래들을 뽑고 고추장을 꺼내니 조촐하지만 건강한 식단이 완성되었다.

내게 먹으라 하고 아저씨는 다시 밖으로 나가기에 나도 따라 나섰다. 한 사람이 간신히 다닐 정도의 좁은 길로 언덕을 올라 둥굴레와 민들레, 꾸지뽕 뿌리도 캐서 내게 쥐여주었다. 어디에 좋고 어떻게 먹으라고 하면서 통째로 건네주는데 나는 아무리 봐도 구분하기 힘든 모양새였다. 흙으로 살짝 솟아오른 것들만 보아도 이건 어떤 것의 잎이라고 바로 말하니 분명 내공이 상당하다 생각했는데 실제

229

로 산속에서만 오래 살고 있다고 했다.

아무도 없는 섬에 혼자 사는 사람이었다. 마을 사람들이 그의 존재조차 모를 정도로 그저 조용히 살고 있는 분이었다. 내게 이곳을 안내해준 사람도 이곳에 사람이 살고 있는 것을 알지 못했으니.

섬에 살면서 청소도 하고 관리도 하기 위해 들어온 이래로 외부에서 온 사람은 나밖에 없었다고 했다. 아저씨는 자기 역시 산에 살다가 이 섬에 관리를 하러 들어온 지 얼마 되지 않았다고 했다.

물이 빠지는 시간이면 끝도 없이 빠져 바다에 떠 있는 등대까지 걸어갈 수 있을 것 같은 사승봉도. 아저씨가 이곳에 있는 이유는 세계를 만들어갈 수 있기 때문이라고 했다. 씨앗을 뿌리고 그렇게 자란 것을 먹고, 벽돌을 만들어 집을 짓는 일. 키우는 닭이 새끼를 낳고, 잡은 물고기를 먹고 살아가는 일 자체가 하나의 우주라고 했다. 말하자면 아저씨에겐 이곳이 세상의 끝이고 우주의 한가운데라고 할 수 있다. 세계를 처음부터 구축하는 일은 참 매력적인 일이란 생각이 들게 하는 말이었다.

나는 아저씨의 세계에 오래 침입해 있고 싶지 않았다. 달이 바람이 빠지며 깊은 바다로 떨어지기 전에 섬 반대편 나의 해변에 왔다. 기껏 며칠을 머물 반대쪽 해변에선 아무리 나의 세계를 만든다 해도 아저씨의 구역까진 침범할 것 같지 않았다.

230

텐트를 펼쳤고 침낭 속으로 들어갔다. 섬에 들어온 지 열 시간 만에 구축한 나만의 세계, 이렇게 사승봉도에서의 생활이 시작되었다.

마음껏 시작이었다.

내 가 무 인 도 를 찾 는 이 유

내가 무인도를 다니는 이유는 나만의 세계에 혼자 있을 수 있다는
것이다. 방에 혼자 있거나 카페에 혼자 있을 때와는 전혀 다른 느낌
때문이다. 그게 전부다. 그리고 여기에서 파생된 이유들이 따라온
다. 혼자 있으니 누군가의 것을 뺏으려 하지 않아도 되고 경쟁하지
않아도 되며 신경쓰거나 눈치를 볼 필요도 없다. 그럴 일조차 일어
나지 않는 곳이고, 내가 나서서 무엇을 억지로 할 필요도 없는 곳이
다. 바쁠 필요도 없고 딱히 무엇을 꼭 하지 않아도 되니 마음이 평화
로워지며 내게 더 집중할 수 있는 것도 좋다. 감사한 사람들을 떠올
리거나 사두고 읽지 못한 책을 읽는다. 나를 돌아볼 수 있는 시간도
주어진다. 물론 다 벗고 물에 뛰어들 수 있는 자유도 함께.

외로울 수밖에 없는 곳들을 모조리 다녀봤다. 사하라 사막 같은 곳, 키르기스스탄의 대초원 같은 곳, 아마존 정글 한복판이나 시베리아의 끝없는 평원 같은 곳들, 세상의 끝 남극의 빙벽 같은 곳들도. 하지만 놀랐던 것은 그런 곳에도 사람들은 살고 있었다는 점이었다. 사하라의 베두인족에게, 대초원 게르에 사는 유목민에게, 아마존의 원주민에게, 황량한 시베리아의 마을 사람들에게, 남극에서 생활하는 연구원에게 왜 이런 외로운 생활을 하느냐고 했을 때도 비슷한 대답이었다. 내가 살아가는 이곳이 내가 본 세상이고, 여기에 삶이 있기 때문이라 했다. 처음에 이런 대답을 들었을 때 이렇게 말하는 것은 그저 여기에 살아야 할 이유를 만드는 것이란 생각을 했다. 이들이 도시에서의 편리한 생활과 안락함을 느끼면 다시 이런 곳에서 살 거란 이야기를 할까.

236

분명 내가 내 힘으로 세상을 만들 수 있다는 것은 흥미로운 일이었다. 이렇게 일부러 무인도로 온 사람도 있지 않은가. 처음에 무인도를 찾아다녔을 때 나는 많은 사람들에게 '좀 이상한 사람'이라는 말을 들을 각오를 어느 정도 하고 있었다. 그런데 반대로 사람들은 무인도에 다니는 나를 부럽다고 했다. 그럴 수 있어서, 그런 공간이 있어서. 세상엔 자기의 세계를 구축하고 싶은 사람이 많다는 사실을 그때 알았다. 보통은 내 세계를 가지고 있지 않고, 어렵게 구축했다 하더라도 너무 많은 공격을 받으니 기틀이 잡히기도 전에 무너져버리는 것이다. 처음부터 쌓아올리지 못하게 교육받기도 하고, 시기나 질투로 나중엔 더 쌓을 힘이 없어지니 그런 곳에서 떨어져 있고 싶은 마음이겠다.

　달이 바다 위로 떠올랐다. 달은 바다 아래서 올라와 둥근 끝이 수평선에 걸렸을 때 비로소 힘을 뺐다. 그리고 잔을 두어 번 더 들었다 놨다 하는 사이 순식간에 하늘로 솟구쳤다. 달이 힘을 빼며 흘러나온 빛들이 서서히 바다로 더 넓게 스며드는 시간이 가고 있었다. 무엇을 얻거나 깨닫기 위해서 무인도에 왔다기보다 세상을 나의 상상들로 채워나갈 수 있는 곳을 찾는 과정에 있다는 것을 비로소 깨닫게 되었다.

사승봉도

나는 당신에게, 당신은 내게

당신에게 새벽 같은 사람이 되고픈 적이 있습니다. 혼자 있어도 혼자인 것 같지 않은, 같이 있지만 얼마든 혼자일 수 있는 사람. 바로 옆에 없어도 심지어 온 사방에서 곁에 있어주는 사람 말입니다. 새벽은 깊고 마음으로 다가오니 그래도 될 것 같았습니다.

당신에게 서쪽의 바다 같은 사람이 되고픕니다. 뜨겁게 파도칠 수 있지만 잔잔한 호수 같은, 서서히 내게 젖어들 수 있도록 수심이 갑자기 깊어지지 않는, 속이 깊지만 다른 이들에게 내 맘을 들키지 않고 온전히 너만 볼 수 있도록 뻘물을 가진 서해바다 같은.

바다 위 등대가 되고 싶기도 합니다. 당신이 내게로 정박하진 못해도, 네가 굳이 가까이 올 일이 없어도 내가 할 일을 할 수 있어서.

그래서 나는 있는 힘껏 불을 밝혀도 넌 눈부시지 않을 것이어서.

긴 모래사장은 어떨까도 생각해봤습니다. 바위가 집요하게 깎인 길고 긴 모래사장을 걸으며 당신의 생각이 정리된다면 모래 몇 움큼이 바다에 쓸려가도 아쉽지 않을 것 같습니다.

바람을 걸고 있는 방풍림 같은 사람이면 어떨까도 생각해보았고 마찬가지였습니다. 덩그러니 있는 법이 없는 방풍림들을 보며 세상 당신을 생각하는 이들이 이렇게나 많다는 것을 잊지 않길 바라며. 바람처럼 보이지 않는 것들이 당신을 위해 버텨낸다는 것을 알기 바라며.

쉽게 가라앉지 않는 부이buoy도 괜찮을 것 같습니다. 무거운 것들은 가라앉기 마련인데 당신에 대한 마음으로 온종일 떠 있을 수 있어서. 이리저리 변하는 내 마음이 이번에도 어디에 떠 있는지 알려줄 수 있으니 이런 사람도, 부이 같은 사랑도 괜찮을 것 같습니다.

또 당신에게 무인도의 목마른 우물 같은 사람이 되고 싶습니다. 민물이 있으면 곧 사람이 살 수 있는 섬이 됩니다. 나라는 사람을 받아준다면 한자리에서 마르지 않을 텐데요. 아니, 가끔은 말라도 그 자리에서 기다리며 다시 빈 감정들을 채울 텐데요.

때가 되면 물이 차는 바닷물도 되고 싶었습니다. 멀찍이서 무관심한 듯 바라보다가 또 하루에 두 번 정도는 적극적으로 당신에게 다가가는 일이 전부라면 금방 싫증내진 않을 것 같아서요.

가을을 거둬들여 겨울을 선물하는 그물이고 싶었습니다. 배 가득

240

낙엽을 건져올려 겨울이 오면 나를 더 생각할 것 같으니까요. 눈이라도 내린다면 그제야 그물을 말려 다음을 기다리겠지요. 맘이 바뀌면 또 겨울을 선물해야 할 테니까요.

봄볕처럼 그윽이 네게로 갈 수 있다면 그것도 좋겠네요. 어느 순간부터인지는 모르지만 당신 손을 잡고 있는, 짧게 왔다 가는 사람이어서 기억에 더 남을지도 모르겠습니다.

반대로, 당신은 내게 무섭게 세력을 확장시키는 태풍이면 좋겠네요. 태풍은 당신이 태풍일 이유마저 휩쓸고 가니 그걸로 된 겁니다.

241

오징어를 풀면서

바닥에 떨어뜨려 모래를 씻어낸다고 말라가는 오징어를 잠시 바닷
물에 적셨을 뿐인데. 그사이 오징어는 다리를 펴고 먹물까지 내뿜었
다. 그래서인지 또 한번 오징어는 맛이 덜했다. 질겅이는 맛도, 몸통
속에 퍼져 함께 말랐을 먹물의 맛도 없었다. 무엇보다 세상이 얼마
나 무섭고 따스한 햇빛이 얼마나 고통이었을지를 한번 더 생각했을
것이어서 오징어는 두려움의 맛에 가까웠다. 해변에 앉아 딱딱하지
도, 말랑하지도 않은 두려움을 질겅질겅 씹고 있자니 맥주 한 모금
이 절실했다. 맥주는 너덜너덜해진 오징어의 몸 사이 두려움의 깊이
로 스며들어 몸속에서 만나는 나쁜 병균들을 물리치는 의약품의 광
고처럼 오징어가 느끼는 두려움을 물리쳐줄 것이라 믿었다.

사슴봉도

사승봉도에서 해보고 싶었던 것들이 있었다. 두꺼운 시가에 불을 붙여보고 싶었고, 눈을 맞고 새해를 맞이하고 싶었다. 11월 말이라 날씨는 춥겠지만 아직 나무에 붙어 살아 있을 단풍의 풍요로움을 텐트 위에 덮어보고 싶었다. 끝까지 나무에 붙어 있는 11월 단풍의 힘을 덮고 눈이 오길 기다리면 될 것 같았다. 눈이 오는 날도 시가에 불을 붙이리라.

그리고 또 하고 싶었던 것이 해변에서 낚시를 하는 사람들이 앉는 접이식 의자에 앉아 마른오징어에 맥주 한 병을 마시고 싶었다. 사승봉도로 가기 전 들렸던 소래포구에서 오징어 한 마리를 샀다. 맥주가 한 병인데 병따개는 당연히 없고 마땅히 딸 것도 없어 나뭇가지로 어찌어찌 땄다. 맥주 뚜껑을 따면서 상당량을 흘려버렸고, 들고 있던 마른오징어도 모래에 떨어뜨렸다. 그렇게 오징어와의 대화가 시작된 것이다.

말린 오징어여서 모래가 많이 묻지는 않았지만 오징어의 마른 빨판 사이사이에 모래들이 끼어 있었다. 입으로 불어도 보고 오징어를 흔들며 털어도 봤지만 미세한 모래들이 끼어 있어서 영 찝찝했다. 오징어를 만져본 사람은 안다. 매끈거리는 액체 같은 것이 몸체가 되고 한 생명을 이끈다는 것이 신기할 따름인데 뼈가 없어 중심도 없는 매끈한 오징어가 말라서는 뭐가 이리 애절한지 빨판에 모래를 가득 붙여뒀다. 오징어가 마르면서 가장 마지막까지 힘을 주었던 곳이 바로 빨판 아닐까 생각했다. 그나마 제일 늦게까지 생명력을 유지하고 있으니 이리도 모래를 더덕더덕 붙이고 그것도 모자라 안고 있는 것이 아닐까.

실제로는 오징어도 아주 작은 뼈가 있다지만 마른오징어를 보면 이 자체가 오징어의 뼈가 아닐까 생각했다. 태양빛에 오징어의 몸이 서서히 증발하며 녹을 텐데 마지막까지 단단하게 버틴 몸들이기 때문이다. 사람이 죽으면 뼈로 남는데 오징어는 아무리 시간이 지나도 마른오징어인 채로 남을 것 같다.

내가 죽는다면 이렇게 집요하고 확고한 뭔가가 있을까. 예전에 울산 방어진에서 만난 오징어를 말리는 사람은 살아 있을 때 큰 오징어였다고 해서 그놈이 마른 뒤에도 큰 놈이리란 보장은 못한다고 했다. 나는 원래도 작은데 마르면 더 작아지려는 오징어가 아닐까. 태양빛에 쉽게 몸을 맡기는 오징어는 쭈그러들어 더 작아지는 것처럼 그동안 나의 신념을 물기 없이 말렸던 건 아닌가 싶다.

비록 최후의 몰골이지만 여러 맛으로 오래도록 질겅질겅 씹히는 오징어 같은 삶도 나쁘지 않은 것 같다.

245

선 택 의 끝

겨울의 사승봉도는 유독 조용하다. 여름엔 종종 나 같은 사람들이 가기도 한다는데, 한겨울 너처럼 가는 경우는 드물게도 아니고 아예 없단다. 당신 같은 사람은 파도에 실려 어디론가 멀리 갈 각오를 한 사람이란다. 날을 참 잘 골랐단다.

늘 선택이 좋지 않은 사람이라 이번에도 어색한 웃음만 보였다. 웃긴 웃었다. 사승봉도 언덕에서 무수히 많은 배의 소멸을 봤던 소나무들도 문득 저렇게 웃었을 것이다.

아무도 관심 가지지 않던 편의점의 새벽 알바생이 좋아 매일 밤 2시에 찾아가 토마토주스를 샀다. 매일이 모여 한 달 반이 넘었다.

"오늘은 토마토주스가 없네요. 당근주스로 할게요."

"네, 안타깝네요. 내일이면 다시 들어올 거예요."

첫 마디를 나눈 후 그녀는 사라졌다. 다음날부터 보이지 않았다. 아무렴 그렇게 사라지는 것보다 낫지 않은가.

분명 사람의 발자국이었다. 고고학자의 심정으로 발자국을 따라 갔다. 사막에서 길을 잃을 각오로. 주변 모래를 털어내며 열심히 모았다. 어디서부턴가 발자국은 두 쌍이 되더니 다시 하나가 되었다. 아무렴 이런 결말보다는 낫지 않은가. 서서히 감정 없는 편지를 받는 게 전부였던 별사탕과 건빵의 시간이 아니지 않은가.

아무것도 하지 않았는데도 서로 멀어져가는 것들이 있다는 것을 알았다. 가까워지려 노력하는데도 거리가 좁혀지지 않는 것들이 있다는 것도 알았다. 서로 사랑하는데도 끌어당기지 않는 이유가 있지만 우리는 모른다는 것을 알았다.

늘 선택의 경계를 기웃거리며 저울질했나보다. 물건을 살 때도, 새로운 일을 할 때에도, 심지어 누군가를 만날 때에도. 그러니 선택하는 것은 참으로 어렵다. 결정의 결과를 좋은 것으로 생각하는 노력을 배제한다면 어떤 결정도 아쉬움과 후회가 남기 마련이다. 선택은 무조건 좋지 않은 것으로 귀결한다는 것을 잘 아는 이 시점에서도 또 선택을 한다. 온전치 못한 웃음을 지으며 또 이유 없는 선택을 했다. 사승봉도에 와 있다.

우주는 왜 수많은 은하계 중 지구를 선택했고, 에베레스트는 왜 에드먼드 힐러리를 선택했으며, 나는 왜 사승봉도를 선택했을까. 겨울의 사승봉도는 조용한 것을 좋아하면서도 내가 오겠다고 했을 때 잠시 바람을 멈춰 순순히 받아들이는 것을 선택했을까.

그리고 무엇보다 그날 당신은 왜 날 선택했을까.

나는 여러 생각거리들의 후보 중 그 사람을 꺼내는 선택을 해버렸다.

상 상 속 의 섬

오해를 한다. '무인도에 가면 시간이 안 갈 텐데요'라고. 하지만 와본
사람은 안다. 긴 하루가 이렇게 짧은 것인지. 텐트를 치고 버려진 나
무를 모으는 일 외에도 할 일은 많다. 사슴봉도에선 사냥을 하거나
집을 짓는 일까지는 하지 않지만 더 바쁘다. 섬을 한 바퀴 돌고 나무
그늘 아래 해먹에 앉으면 마주치는 하루의 민낯.

멀리 보이는 섬과 섬의 간격을 생각해야 하고 파도는 어디서부터
내게로 오는 것인지 따져봐야 한다. 겨울이지만 그물에 걸린 낙엽의
가을을 받아들이고 빈 그물에 걸린 바람 몇 마리를 풀어주는 것도
나의 몫이다. 물 빠진 해변의 모래 언덕을 오르는 것은 많은 체력을

사슴봉도

요한다. 마음을 내려놓아야 간신히 오르는 언덕의 정상에서 바람을 쐬면 오후가 된다.

낭비하듯 내리는 햇살이 아까워 통에 주워 담는 것도 할 일이다. 이들이 더 추워질 겨울을 버티게 하는 힘이 되지 않을는지를 생각하며 통을 채운다. 깊게 박힌 것들을 캐내본다. 해변에 머리가 박혀 있는 앵커는 배에서 던져져 모래에 묻힐 때까지 무슨 생각을 했을까. 자유를 찾기 위해 이곳에 온 내게 버려진 자유시간 봉지가 주는 교훈도 받아적어본다.

중국에서 건너온 농약통의 독기를 맡아볼 필요도 있다. 독하게 오직 한길만 걸어왔을 통에게 이러지도 저러지도 못하는 나의 망설임을 꺼내 보인다. 수족관에서 흘러나온 부표가 지금 바다 위에 떠 있는 누추하고 뭉툭해진 낚싯바늘을 보며 결국 시간은 뾰족한 성질을 죽일 거란 확신. 뒤집혀 죽었지만 하늘을 향해 손가락을 굽힌 불가사리의 다섯 감각에 경의를 표하며 양지바른 산소를 마련하는 데 또 시간을 보낸다.

파도에 자갈이 뭉툭해지는 소리를 들어보는 것도 중요한 일과다. 오래 듣고 있으면 날 선 목소리도 둥글게 들리게 될까. 올가을을 그냥 흘려보낸 사유서를 틈틈이 써내려가야 한다. 끝내 키보드에 무심해지고 대신 펜을 들어 모래에 기록한다. 마르지 않는 잉크로 새기다 보면 누가 쓴 여름 낭비 사유서와 겹치려나. 오후의 열기마저 흡착할 것 같은 따개비나 전복의 빨판에게 나의 마지막 유언도 흡착해

두길 부탁한다.

월명기 바다에 대해 계산한다. 고등어도 더 깊은 바다로 들어가는 이때는 달이 몇 미터 더 가까워지는 것인가 줄자를 대본다. 최전방 소나무가 견디고 있는 바람의 세기와 그래도 밀리지 않고 가만히 떠 있는 섬의 질량을 계산해 상관관계를 이해한다. 다 자란 꽃게 집게발 힘의 세기나 바다가 잡아당기는 별은 하루에 몇 개나 되는지 계산기를 두드리는 것도 꼭 해야 할 일들이다.

해변에 떠내려온 뚜껑 열린 파이로트 잉크병은 오면서 얼마나 많은 문장을 유영하게 했을지 참견하는 동안 어스름이 진다. 깨진 솔라판넬이 마지막으로 빛을 머금지만 어디로 방출되는지 누구도 답을 줄 수 없는 초저녁. 어딘가에 순결무구한 흰 뱀은 잠들어 있을까. 야광 플랑크톤이 자극을 받으면 빛을 내뿜는 것은 내 소관일까. 달빛은 왜 수면으로 다 내려와놓곤 힘없이 녹아내리는지 마침표를 찍을 수 없다.

253

사승봉도에 가져온 수첩이 메모로 꽉 찼다. 모쪼록 달빛으론 부족해 모든 생각들이 등대의 도움으로 자라는 것밖에 밝힌 것이 없다.

사승봉도

지초도

#전라남도 #완도군 #청산면

꽃게를 쪄서 섬으로 들어가는 길. 일인분의 햇살이 내립니다.
갑자기 게를 풀어주고 싶어 냄비 뚜껑을 열어 바다로 던졌습
니다. 냄비를 받치던 책 사이에는 덮을 때 떨어진 잎 하나가
책갈피로 꽂혀 있습니다. 그냥 지나치면 좋았을 그이가 다가
와 건네준 책이었습니다. 얼마 안 가 뜬금없이 키만한 파도가
쳐올랐습니다. 게는 하필 바닥의 바위틈에 몸이 낍니다.
세상은 이런 갑자기들의 모임인가봅니다.

나의 거죽

그물을 펼치면 저런 물고기들이 잡힌답니다. 바다에선 서로 물고 뜯
고 파헤치고 그것도 모자라 속까지 긁어먹는다네요. 그렇게 힘이 없
어 죽어가는 물고기들만 햇빛을 잡으려 펼쳐둔 그물에 뜬금없이 걸
리게 됩니다. 이 약자들을 또 누군가는 마저 뜯겠지요. 속이 갈라져
마른 이들은 다른 사람들에게도 물고 뜯기며 심지어 자기들끼리도
잡아먹으려 안달입니다.

청산도에서 무인도가 돼버린 지초도로 가는 배를 타러 선착장에
가는 길. 잘 손질된 생선들이 하늘을 향해 배를 벌려 햇볕에 말려지
고 있더군요. 한켠엔 벗겨진 비늘과 껍질들이 말라비틀어져 있습니

다. 세상 모든 껍질들은 온통 벗겨지나봅니다, 결국엔. 저를 감싸고 있는 껍질도 시원하게 벗겨내 저조차 속을 들여다보고 싶지만 또다른 껍질들을 생각하면 덜컥 겁이 납니다.

우리를 둘러싼 겉은 변화무쌍입니다. 경우에 따라 겉, 껍질, 표면, 가죽이나 거죽 따위로 불릴 뿐입니다. 허리띠가 되어 저를 날마다 조이는 녀석도 있습니다. 돼지의 껍질은 벗겨져 따로 불에 구워지고 물소의 껍질은 소파를 덮네요. 물소가죽 소파에서 잠을 자면 물소가 콧구멍 속으로 들락날락한다는 염창권 시인이나 여행용 트렁크가 된 물소를 이야기한 유미애 시인도 껍질이란 비구한 운명이라 생각했습니다. 악어의 껍질은 또 어떤가요. 벗겨져 지갑을 닫습니다. 가방의 울퉁불퉁한 표면이 되기도 하고요. 마경덕 시인은 여우의 물먹은 껍데기가 짐승 같은 사람과 짐승같이 묵묵히 일만 하는 사람들에게 미싱되어 무엇인가로 둔갑하는 것을 그리기도 했습니다. 뱀도, 쥐도, 바다코끼리도, 해달이나 수달의 껍질도 고무줄처럼 팽팽히 당겨져 다듬어집니다. 껍데기란 얇고 가장 연약한 부분인데 그것은 참으로 상상할 수 없는 것으로 바뀌게 됩니다.

불과 하루를 돌아다녔을 뿐인데 무인도의 뜨거운 태양에 살이 타서 껍질이 벗겨졌습니다. 살을 태우는 것은 태양이 아니라 바람이다, 입술과 무릎 뒤는 그렇게 햇볕에 타는 것이라는 누군가의 말이 있었지만 모쪼록 가장 약한 껍질을 가진 것이 인간이 아닐까 싶습니

259

지초도

다. 어깻죽지의 탄 살갗의 껍질을 살살 떼어냅니다. 적당히 힘을 주어 끊기지 않고 한 번에 많은 껍질을 뜯어내고 싶어집니다. 나도 모르게 자리잡고 있던 하루하루들. 쫓겼던 새벽과 다급했던 그제를. 어떻게 사랑을 할 것인가에 답을 구했던 나날과 겉으로만 웃었던 시간들이 이리도 얇고 가볍게 쌓여 있는 줄 알았다면 조금 덜 전전긍긍했지 않았나 싶습니다. 다소 무거웠던 거죽이지 않아 다행입니다.

저는 그 시간을 무인도에서 찾나봅니다. 그런 훈련을 가장 집중해서 잘할 수 있는 곳이 무인도라 생각합니다.

그래서 저의 얼굴은 까맣고 점점 더 까매지는 중입니다.

260

섬 의 사 람 들

262 무인도에 가기 위해서는 사람이 사는 섬을 거쳐 들어가는 경우가 대부분이다. 때문에 아무도 살지 않는 섬에 가기 직전에는 섬에서 살고 있는 사람들을 만나기 마련이다.

섬사람들은 억척스럽다고 했다. 집집마다 땡볕에서 말려지는 생선들을 너무 많이 보아서일 수도 있다. 마를수록 질겨지고 비틀어질수록 좋은 것임을 어릴 때부터 봐온 것이다.

바다로 나가는 배에 따라붙는 갈매기 한 마리에 대해 생각해봤을 것이다. 노를 저어 앞바다에 가더라도, 작정하고 큰 배를 타고 멀리

나갈 때에도, 갈매기 한 마리 정도는 따라붙는 그런 모험심을 본 것이다.

먹먹한 날에도 기쁜 날에도 동요하지 않는 바다의 대범함과 그러다 한 번씩 울컥하는 노여움의 끝을 몸으로 느낀 사람들이다. 이따금 바다처럼 노여움을 푸는 방식이 낯선 것이 아니다.

자다가 눈을 뜨면 하늘과 바다를 넘나드는 숭어며 민어, 물속에 고개를 넣어 사냥하는 바닷새들을 보아왔다. 스스로 한계를 두지 않고 경계를 허물 수도 있다는 것을 안 사람들이다.

강한 생명력의 근원이 어디에서 나왔는지 생각할 일도 없이 직접 봐왔던 것이다. 육지 사람들은 물 밖으로 나온 생선의 파닥거림처럼 간절하고 강렬한 삶의 욕구를 보는 것이 쉽지 않다.

263

담벼락이 없는 곳에서 그들은 살고 있다. 아주 쉽게 넘을 수 있는, 경계라는 것을 알리는 정도로만 사용되는 형식적인 담벼락이 있는 것은 너도나도 억척스럽게 사는 것을 알고 있기 때문이다.

해무가 끼면 다리부터 사라지다 몸 전체가 없어지고 결국 자신의 모습도 보지 못하는 것이 일상이다. 며칠마다 또 없어질 나에 대해,

함께 사는 사람들에 대해 더 기억하고 싶은 마음이 생길 수밖에 없는 곳이다.

매번 수평선 속으로 떠나가는 배와 작별했으니 헤어짐과 다시 만날 날 사이를 기다리는 것. 익숙해지기 힘든 것에 익숙해져버린 사람들이다.

바다에서 섬으로, 섬에서 바다로 가는 생명들의 죽음을 오래 경험했을 것이어서 살아 있을 때 더 억척스럽게 살아야겠다고 마음먹어야 했다.

섬에선 모든 것이 부족할 거라 예상하는 뭍사람들의 생각이 그들을 더 안으로 안으로 단단하게 만들었다. 애초에 더 질기게 산 사람들이 섬과 바다에서 그들을 보고 있기 때문일까.

백령도에서 만난 대청도 사람이 그랬고 울릉도에서 태어난 친구가 그랬다. 섬사람들은 억척스러운 면이 있다고. 그런 것 같다 정도로 대답을 했다. 이유는 묻지 않았지만 섬사람이 되고 싶은 나는 이런 이유로 조금 더 억척스러워지고 싶다. 무인도엔 이런 억척같은 사람들을 만나야만 들어갈 수 있다.

무인도에 들어가면서 그들에게 한 수 배우고 가느냐, 그렇지 못하느냐의 차이는 꽤 크다.

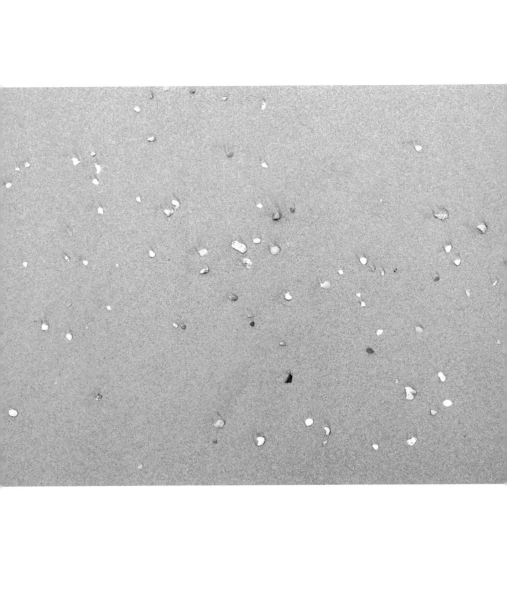

우 리 가 사 체 를 줍 는 이 유[*]

지초도엔 죽어 있는 것이 많았습니다. 돌과 자갈이 깔린 해변에 말라서 나뒹구는 불가사리나 소라의 껍데기들, 전복 껍데기도요. 바다에서 태어나 살다가 죽어서는 오히려 뭍으로 나온 이들입니다. 해변으로 떠내려오는 죽음도 보입니다. 그대로 바다에 있으면 좋았을 텐데 제가 괜히 마음을 쓰는 것일까요. 뭔가 문제가 생겨서, 죄를 지어서 파도에게 쫓겨난 것 같아 측은한 생각이 먼저 듭니다. 죽어도 끝까지 살아 있는 척을 하는 것 같기도 했습니다. 더 마음이 쓰이게요.

무인도에서 삶보다는 죽음에 더 익숙해지는 시간을 보냈습니다. 곰곰이 생각해보니 무인도에 오기 전, 죽음이란 것에 대해 생각해

본 적은 인도 갠지스 강 앞에서였던 것 같습니다. 무인도에서 본 것처럼 죽음이 물위로 떠다니는 곳이었습니다. 화장터에서 타다 만 골반이나 허벅지 뼈가 흐르고 둥그런 두개골도 그 옆으로 떠내려갔습니다. 화장터 옆에는 타다 만 뼈를 빻는 사람도 있다고 했습니다. 그 일을 하며 화장을 하다 벌떡 일어나는 시체도 봤다는 그의 말은 믿거나 말거나로 내버려두더라도, 매일같이 죽음을 더 죽이는 일은 보통의 사람들은 하기 힘든 일이라 생각했습니다.

타다 만 뼈를 빻는 친구가 하는 일을 상상해봤습니다. 꺼지지 않는다는 화장터의 문을 열고, 시체를 넣은 후 문을 닫고 기다립니다. 얼마나 기다려야 몇 도가 되어 사람이 다 타고, 어느 부위의 뼈가 항상 타지 않고 남는지 알게 되겠지요. 남은 뼈들 사이로 타지 않은 두꺼운 뼈들을 꺼내 가루로 만드는 작업을 할 겁니다. 물론, 뜨거울 테니 식힐 테고요. 그리고 그 가루를 긁어모으겠지요. 사람을 눕혔던 판 위의 가루들은 솔로 살살 문질러 모은 후, 후 후 몇 번 불 겁니다. 사르르 먼지처럼 피어오르는 미세한 뼛가루들이 영혼일까요. 그것 역시 사람의 일부일까요. 모쪼록 친구는 뼛가루를 정성스레 모아 강물에 뿌릴 겁니다. 너무나 자연스럽고 익숙한 손놀림으로요.

또 한켠에서 누군가가 뼛가루를 강물에 뿌리고 있는 것을 봤습니다. 미국의 한 의사는 사람이 죽기 전과 죽은 후의 무게를 재보고 영혼의 무게를 21그램이라고 측정했습니다. 영혼이 빠져나간 것을 죽는 것이라고 하는데 왠지 흩날리는 저 가루에도 영혼이 있을 것 같

269

았습니다. 뼈가 타서 가루가 되면 몇 그램일 텐데 그것도 그 사람의 일부라고 믿고 싶습니다. 뼈 안의 혈액과 미세한 근육마저 증발한 뒤의 가벼운 것이 그 사람의 정신이라고 생각하고 싶습니다. 어느 상태부터가 죽는 것이고, 어디까지가 사람의 일부인지, 어떻게 죽는 것이 편히 죽는 것인지 모르겠습니다만 죽어서도 무인도의 해변에서 따가운 햇살에 서서히 말라가는 것들을 보니 저도 누군가에게 저렇게 비치지 않을까 싶네요. 공중에서 몇 번 사르르 날리는 동안 비로소 정신과도 이별할 것 같습니다.

섬에는 여전히 죽은 것들이 많습니다. 죽은 것들을 모아 바다에 다시 던져주려다 말았습니다. 시체를 태우고 뼈를 빻는 갠지스 강에서의 청년이 생각나서요. 약간 부자연스러워 보였습니다. 꺼지지 않는 화장터의 불, 강물에 반짝이는 것은 반사된 햇빛이 아니라 흰 뼛가루들이란 사실이요. 건너지 않아도 될 강에 억지로 배를 띄우는 것 같았습니다.

의료용으로 쓰이는 뼛가루가 금가루보다 비싸다고 합니다. 이 상황 자체가 너무 어색하네요. 우린 죽어서 어떻게 어디로 가야 할까요.

* 모리구치 미츠루, 「우리가 사체를 줍는 이유」에서 따옴.

별 을   가 두 는   법

별은 까탈스럽고 그들도 비추고 싶은 곳만 비춘다.

그러므로 무인도는 별을 사냥하기에 적합한 장소라 할 수 있다.

하나, 보름이 되기 일주일 전, 무인도에 들어간다.

둘, 물이 가장 많이 빠진 시간대에 작업을 시작한다.

셋, 해변의 쓰레기를 치우고 떠내려온 해초와 미역 줄기들을 주워 정리한다.

넷, 준비한 빈병을 꺼낸다. 투명하고 깨끗한 병이어야 한다.

다섯, 빈병 속에 초를 넣어 따뜻하게 데운다.

여섯, 다시 한번 병을 깨끗이 씻는다.

무인도에 갈 때 당신이 가져가야 할 것

일곱, 모래 속에 병의 3분의 1을 묻는다.

여덟, 병은 정확히 30도를 기울여 가두고 싶은 별을 향해 주둥이를 눕힌다. (매일 매시간 별의 위치는 조금씩 바뀌기 때문에 정확한 측량이 필요하다.)

아홉, 주변의 모든 불을 끈다.

열, 맨눈으로도 병이 보이지 않을 정도의 거리에 앉는다.

열하나, 간절했던 것을 생각한다. 예) 사랑하는 사람의 마음을 조금 더 사로잡는 방법

열둘, 그러다보면 별이 별똥별로 떨어지며 병 안으로 들어온다.

열셋, 별을 가둔 병은 빛을 보는 순간 사라지므로 검은 천으로 겹겹이 싸맨다.

주의사항

1. 오로지 어두운 곳에서만 병에 가둔 별을 볼 수 있다.

2. 오직 한 사람에게만 보여줄 수 있다.

3. 별자리의 별이나 갓 태어난 별은 가둘 수 없다.

4. 그렇게 별을 잡더라도 별은 결국 빛을 잃으면서 사라진다.

참고! 별의 위치를 측량하는 것은 어렵기 때문에 개별적으로 문의한 분에게만 알려드리겠습니다. 별을 잡아본 사람이라면 너무 많은 별이 병 속으로 가둬지는 것을 원치 않습니다.

지초도

신 발 보 고 서

해변을 걸으면서 일곱 개의 신발을 주웠습니다. 일곱 켤레가 아닌 것은 짝이 없는 신발이기 때문입니다. 언덕을 오르고 있던 한 개의 신발과 바위에서 아래를 관망하던 핑크색 쪼리를 봤습니다. 거추장스러운 것들은 떼어내 뼈대만 남아 몸은 가벼워 보였습니다. 해변에서 쉬고 있는 슬리퍼도, 어린아이를 여기저기로 데리고 다녔을 작은 신발도 있었습니다. 실내에서 그리고 욕실에서 신었을 법한 슬리퍼도 보이고요. 나머지 몇 개는 막 바다에서 걸어나온 듯 섬을 향해 정갈하게 놓여 있었습니다.

신발의 최종 목적은 다음 신발에게 배턴을 잘 이어주는 것입니다. 발을 기억하고 다음 신발에게 적합한 형태와 사이즈를 전해주는 것이 그들의 일입니다. 평생 신발을 신어야 하는 우리는 신발이 신발에게 전해주는 정보로 다음에 신을 운동화를 고르고 슬리퍼를 사곤 합니다. 볼이 좁아 불편했다거나 뒤꿈치가 아팠던 것들을 정확히 기억하고 있으니 새 신발을 살 때에는 신고 있던 신발에 발을 넣고 물어보면 됩니다. 그래서 '발이 가는 대로'란 말은 사실 '신발이 가는 대로'로 바꿔 말해야 합니다.

바닷속을 걸었을까요, 파도 위를 건넜을까요. 이곳에 떠내려온 신발들은 올이 풀리고 고무가 터져서 떨어져나가 모두 상처가 많습니다. 신발의 밑바닥을 손으로 꾹 누르면 짠물의 사이즈와 폭이 보글보글 올라옵니다. 찢어지고 터진 신발들은 마지막 바다의 발에 대해 거품으로 기억하고 있었습니다. 폭풍과 비바람, 태풍을 지나 태평양을 건너왔을 겁니다. 모두 살면서 한 번씩은 최선을 다하고 최후를 맞이한 것 같아 보입니다. 아스팔트와 시멘트의 냉기 정도와만 힘을 겨뤘던 제 신발들은 너무 멀쩡하기만 했는데 너무 일찍 폐기처분했던 것은 아닌가 싶습니다. 적어도 이들처럼 마지막까지 힘차게 더 걸어보게 해야 했나 싶습니다.

해변이 있는 섬의 반대편에는 장화 한 짝이 덩그러니 바다를 향해 서 있습니다. 다른 신발과 다르게 바다로 걸어들어가고 있습니다. 질긴 고무는 물에 젖어 있지도 낡은 모습도 아닙니다. 혼자 바다와 대적하다보면 홀연히 그 속으로 들어가는 것이 자연스럽게 느껴

276

지는데 장화의 다른 한쪽은 그랬나봅니다. 예전에 사람이 살았다는 이 섬의 주인공이 스르륵 왼발 하나만 남기고 물속으로 그렇게 흘러들어갔는지도 모릅니다. 혹은 실수로 한 짝을 흘렸거나 홧김에 던졌을 수도 있겠습니다. 그러면 언젠간 이 근처로 떠밀려올 테니 그때를 위해 남은 장화 한 짝으로 위치를 표시해두었던 것일지도 모릅니다.

사람은 자살을 할 때 꼭 신발 한 켤레를 나란히 벗어두고 몸을 던진다고 했는데 그보다 더 기억에 남는 기사가 두 개 있었습니다. 하나는 신발의 한 짝만 남겨두고 물속으로 몸을 던진 사내의 이야기였습니다. 모든 것을 기억하고 있을 한 개의 신발은 유언으로 남겨둔 것일 테고 나머지 한 짝은 마지막까지 함께했을 테지요. 나중에 발견된 남자는 한 짝의 구두를 오른손에 장갑처럼 낀 채로 떠올랐다고 했습니다. 사내가 들고 있던 구두와 다리 위 구두를 매칭해서 자살한 시각과 위치를 알 수 있었다고 했습니다. 다른 하나는 물에 몸을 던진 사람의 온몸에 고동이 달라붙어 있어 찾기가 어려웠는데 잠수사들이 붉은 운동화를 보고 시신을 수습할 수 있었다는 기사였습니다. 신발은 역시나 마지막까지 최선을 다했던 것입니다.

지금은 아무도 살지 않는 지초도엔 사람이 살았던 집터가 아직 있고 돌로 만든 창문틀도 있습니다. 망부석처럼 바다를 바라보며 서 있는 바위 위의 장화 한 짝은 사건의 내막을 모두 알고 있을 것만 같습니다. 어떤 사건이 누군가에게 일어났던 것이 분명합니다. 떠밀려

278

온 다른 신발과 달리 너무나도 멀쩡하게 온전히 형태를 유지하고 있
는 장화는 아직 생에 최선을 다하지 않았던 것이 마음에 걸렸나봅니
다. 빗물로 몸을 채워 균형을 잡고 서 있습니다. 다음 신발에게 주인
의 발에 대한 정보를 주어야 한다는 의무감으로 바위에 서 있는 느
낌이었습니다.

바위는 만조일 때 어디까지 물이 차는지 이끼로 알려주는데요,
딱 그 이끼 위에서 장화가 바다를 바라보고 있습니다. 장화는 태풍
이 바로 들어오는 반대쪽 해변과 달리 연중 잔잔한 물결만 이루는
만에 자리잡고 있었습니다. 무슨 사연이 있었는지 상상하는 것은 이
제 이곳에서 며칠을 머물 저의 몫입니다. 건드려도 넘어가지 않을
것 같은, 빗물이 차 있어 들어도 잘 들리지 않을 것 같은 장화와 함
께 기다려보기로 했습니다. 운이 좋으면 섬에 있는 며칠 동안 장화
의 다른 한 짝을 발견할 수 있을지도 모르겠습니다.

279

무 인 도 망 상

봄 바다는 생각 이상으로 차가웠습니다. 물위로 튀어오르는 숭어나 표면의 물살을 가르며 멋지게 나아가는 민어만큼은 아니어도 유유히 헤엄치길 원했습니다만 파도에 밀려 몇 번이나 다시 바위로 돌아왔습니다. 그리고 다시 힘을 주어 나갔습니다. 섬과 어느 정도 떨어진 곳에서야 바위 쪽으로 밀리지 않았습니다. 물안경을 끼고 바다 아래를 보는데 깊은 곳까진 보이지 않았습니다. 바다 한참 아래엔 햇빛이 들지 않아 더 차가웠고 그렇게 바다 끝까지 내려가보면 온기란 없는 것들이 살 것 같았습니다. 그러다 고개를 들어 하늘을 보면 햇빛은 몹시 눈이 부셨고 따뜻했습니다. 뜨거운 태양도 이 바다로 와서는 결국 죽나봅니다. 깊이 내려갈수록 조금씩 죽는 것이지요.

불행히도 지금 저는 삶과 죽음이 맞닿은 경계에 있습니다. 바다 밑으로 들어가고 싶어도 깊이 들어갈 재간이 없습니다. 그저 그 문턱에서 서성이다 나와야 했습니다.

죽음이 항상 공존하고 있다는 것을 모른 채 살았던 것 같습니다. 사람이 죽으면 서서히 땅으로 들어가 지하수를 타고 결국 바다로 올 것 같다는 상상을 했습니다. 깊고 깊은 바다를 유영하다 때론 표면을 떠다니기도 할 테고, 저처럼 섬으로 와 쉬기도 할 테고요. 지나가는 배에 붙어 있다가 태풍에 몸을 맡겨 잠시 바람을 쐴 것 같기도 합니다.

바다가 푸르게 보이는 이유는 단순한 빛의 화학작용 때문만은 아닐 겁니다. 수많은 생물들과 더불어 헤아릴 수 없는 영혼들이 한데 섞여 있기 때문입니다. 두 손으로 바닷물을 담았는데 투명한 것은 안타깝다고 해야 할까요. 영혼을 함께 손으로 담지 못했기 때문입니다. 그래서 물을 많이 담으면 담을수록 푸르게 보이는 것입니다.

바다를 보면 들떴다가 숙연해지고 나중엔 경이로워지는데 수많은 삶들이 내게로 밀려오기 때문입니다. 하지만 경계해야 할 것이 있습니다. 그런 바다를 보고 있으면 문득 어느 순간부터는 나도 저 속으로 들어가고 싶단 생각이 드는 것입니다. 가만히 서 있기도 힘들 정도로 바람이 많이 부는 바위 끝에서 저 아래로 몸을 던지면 어떤 기분일까요. 높은 곳에서 떨어지면 사람은 땅에 떨어졌을 때의 충격으로 죽는 것이 아니라 떨어질 때의 두려움에 먼저 기절한다고 합니다. 기절한 채 유영하다 왠지 물고기 떼에 자연스럽게 편입될 것 같았지만 아까 본 깊고 어두운 바다가 생각나고 말았습니다.

실크로드를 따라 중국과 중앙아시아를 지나 이란을 지날 때였습니다. 이란의 야즈드라는 도시에서 침묵의 탑에 올랐습니다. 도심에 있지만 꽤 높은 탑이어서 무인도 같은 곳이었습니다. 갈 수 있지만 갈 일이 없는 곳. 사람이 죽으면 새들이 먹도록 육신을 올려두는 탑으로 조로아스터교의 풍습이었습니다. 살점을 뜯는 새들을 떠올릴 수 있을 정도까진 상상력이 부족하지만 그곳에서 든 생각은 이런 방법도 나쁘지 않다는 것이었습니다. 세상은 돌고 도는 것이어서 혹시 또 모릅니다. 제 혼이 새와 함께 날고 날아 바다로 스며들지도요. 땅으로 스며들어 바다로 가기엔 탑이 너무 높고 야즈드는 또 이란의 한가운데여서 바다와 적잖이 떨어져 있으니까요.

저를 다 이해해줄 것 같았던 친구에게 부모님이 돌아가시면 눈물은 나지 않을 것 같다고 했습니다. 항상 이해해주고 이해하려고 노력했던 친구인데 이번만큼은 제게 되물었습니다. 어떻게 그럴 수 있냐는 식으로요. 떠난다는 것, 사랑한다고 표현하지 못한 것은 아쉽지만 그 이후의 세계가 어떤지 모르기에 그저 잘 다녀오라는 말을 할 수 있을 뿐입니다. 친구가 이름도 모르는 동네로 간다고 할 때 그곳이 제가 모르는 곳이라면 저는 부럽다는 말도, 조심하란 말도 하지 못합니다. 꼭 해야 할 일이 있어 어쩔 수 없이 가야만 한다면 가지 말란 말도 못할 따름입니다. 언젠간 시간이 흘러 흘러 모두가 변하겠지요. 그래서 시간이 흘러 늙어가는 동안, 죽어가는 동안, 영혼이 바다로 흘러가기 전 정신이 있는 순간까지라도 곁에 있는 사람에게 잘해야겠습니다. 그래야 나중에 이 섬 앞바다에서 만나도 반갑게 인사를 할 수 있지 않을까요.

섬 에 냉 장 고 하 나

지초도의 해변엔 나뒹구는 냉장고 하나가 있다. 문짝은 떨어져나가고 안에는 몇 컵 정도의 물과 낙엽이 있었고 적당히 녹이 슬어 있었다. 섬과 냉장고는 어색한 조화다. 마땅히 안에 넣을 것도 없거니와 전기가 없으니 냉장고가 무용지물이기 때문이다. 해산물이야 물에 담가놓았다가 언제든 꺼내 먹으면 되고 산에서 나는 것은 그때그때 뜯으면 되니 나도 섬에 있으면서 냉장고를 떠올려본 적은 없다.

해변에 박혀 있는 이 냉장고는 어디서 온 것일까. 두 가지 경우로 추측해본다. 예전에 살았던 사람이 사용했던 냉장고이거나 아니면 여기저기를 떠돌다 떠내려온 것이거나. 그런데 사람들이 냉장고에 전기를 공급할 정도로 큰 발전기를 썼을 리도 없고 그렇다고 이 큰 냉장고가 물에 떠서 여기저기를 떠돌아다녔을 리도 만무하다. 둘 중 하나의 경우라 하더라도 그다음 수도 많다. 사람들이 사용했던 것이라면 어찌어찌하여 언덕의 집터에서 해변까지 굴러왔을 것이며 그들은 왜 냉장고만 두고 떠났는지. 바다에서 떠밀려왔다면 이 무거운 것이 어디서, 어디를 거쳐 어떤 방법으로 왔을지.

애초 냉장고는 이런 목적으로 만들어진 것이 아닌데 인과관계 없이 떡 하니 해변에서 건조되고 있다. 냉장고의 속을 뜯어보고 뒤를 돌려보고 녹슨 양과 방향을 추리해보아도 어떻게 이곳에 있는진 여전히 답을 구할 수 없다. 종일 들여다보아도 인과관계를 알지 못하고 사건의 발생 경위를 추론하지 못했다. 그저 흘러들어왔다고 정도밖에 이야기할 수 없겠다. 바닷고기가 강과 바다가 만나는 지점을 지나 민물에 살고 있는 것처럼. 스물여덟의 봄, 그 누구도 없는 지초도를 걷고 있는 나처럼. 쫓기듯 혼자이고 싶어 무인도를 찾았던 처음처럼.

냉장고와 나는 모두 우리가 왜 이곳에 와 있는지 알지 못한다. 그저 어찌어찌 상관없는 일들이 모여 길이 되고 그 길을 걷는 상황이 되었다. 걷다보니 이곳까지 왔다. 마찬가지로 지금은 정확히 어디를 걷고 있고 나의 최종이 무엇으로 귀결될지는 확신할 수 없다. 신기한 것은 내가 만났던 대부분의 어른들이 '내가 여기서 왜 이러고 있는지 모르겠다'는 생각을 가지고 있다는 점이다. 내가 어떻게 여기에 있는지에 대한 고민은 나만의 문제가 아니란 것이다.

지초도

지초도 앞 해변에서 사람이 주는 미역 줄기들을 먹고 자라는 양식 전복들은, 사람 손에 잡혀 수족관에서 헤엄치는 물고기들은 알까. 부화장에서 태어나 바다로 방생된 거북이들은 어떨까. 정확한 것을 알고 지내기보다 그저 끊임없이 새로운 세계에 적응하면서 저도 모르게 그 시절을 보내고 있는 것에 가까워 보인다. 생각지도 못했던 상황과 마주하여 그 순간 펼쳐진 새로운 길에 적응하는 것이다.

어느 길로 가도 산 정상으로 올라갈 수 있다고 했다. 정상에 오르는 길은 무수히 많고, 정상에 오를 생각이 없어도 저마다의 지도를 만들어가며 조금씩 걷고 있을 것이다. 돌아가도 좋고 낯선 길로 가도 좋을 것 같다. 어쩌다가 이 지점까지 왔는지 생각해도 잘 기억이 나지 않겠지만 목적지에서 지나온 길을 되짚어보면 그게 살았던 이유가 되는 것이니까. 길을 잃는 것처럼 뜬금없이 난처한 일이 닥쳤을 때도 당황하지 않아도 되는 것은 이 역시 삶의 일부이기 때문이다. 기적처럼 뜬금없이 좋은 일이 생긴 적도 있지 않았는가.

냉장고가 지금도 지초도에 있는진 모르겠지만 파리의 한 재활용품 전시장에서 발견되거나 캘리포니아 해변의 방파제에 붙어 있더라도 놀랄 이유가 없다.

해 안 선 을   펴 서   말 리 면

해안선을 길게 펴서 말린 뒤 이곳에 두게.

그러면 끝나는 지점에 숨쉬러 올라올 이들이 줄을 서 있을걸세.

어차피 여기는 그들의 날숨으로 이루어져 언젠가는 꼭 해야 할

일이었네.

무얼 받을 생각일랑 접어두게.

저기 산이 보이는가.

죽은 고래의 등허리가 보이는가.

다친 동료를 위해 그들은 이곳으로 와 죽기를 다짐했었네.

게는 권총 같은 집게발을 내놓고

가오리는 비수의 독침을 헌납했다네.

몸을 비우고 고해하던 날치들도 있으니
더이상 받지 않아도 그들은 자격이 있네.

시간이 다가오네. 서두르세.
내가 이제껏 했던 일은 그런 것이었네.
밀려온 그것들을 구름장에 널고 부패하지 않게 햇살과 버무려 옆
에 두어도 외롭지 않을 곳을 찾는 것이었다네.
등대와 나란히 떠 있는 보름달이 보이는가.
바다에 비친 달그림자를 따라 눈을 버리고 오직 직감만으로 떠오
르는 그들이 보이는가.
달까지 공중은 일곱 개의 영역으로 나누어진다는데 이곳은 오직
저 세계와 이 섬 둘뿐이라네.
육지라는 곳과 붙지는 말게나.
가장 조심해야 하고 주의해야 할 부분일세.
문드러진 것들의 무덤이어서 점점 침몰하고 있는 곳이라네.
이제 생을 마감할 껍데기들이 편히 눈을 감고 싶어 올라올걸세.
오늘이 그런 날일세.
그럼 나도 이제 그들 사이에 눕겠네.
새순 하나와 낙엽 한줌으로 이 섬을 일구었으니 내게도 뭘 받을
생각은 말게나.

팁을 주자면 지금이 섬의 가장 아름다운 순간이라네.

아직 시간이 좀 있으니 봄꽃처럼 흩날릴 유성을 감상하며 기다리게나.

그럼, 이번 섬을 부탁하네.

무인도에 갈 때 당신이 가져가야 할 것

1판 1쇄	2016년 7월 7일
1판 5쇄	2023년 8월 15일

글·사진	윤승철

책임편집	변규미
편집	이희숙 박선주 이희연
디자인	이효진
제작	강신은 김동욱 이순호
마케팅	정민호 박치우 한민아 이민경 정경주 박진희 정유선 김수인
브랜딩	함유지 함근아 김희숙 고보미 박민재 정승민 배진성

펴낸이	이병률
펴낸곳	달 출판사
출판등록	2009년 5월 26일 제406-2009-000034호
주소	10881 경기도 파주시 회동길 455-3
전자우편	dal@munhak.com
페이스북	/dalpublishers
트위터	@dalpublishers
인스타그램	dalpublishers
전화번호	031-8071-8683(편집) 031-955-8890(마케팅)
팩스	031-8071-8672

ISBN	979-11-5816-031-9 03810